BE

CW00697031

Diana M. Whittard
Paris le 25 octobre 2000

/ 00
07/24

solfèges / seuil

Libraire Monnier

est difficile de situer l'œuvre de Berlioz sans parler de l'homme. Sa musique fut le « reflet mélodique » de sa vie, souligne A. Boschot, son fidèle et attentif biographe.

Mais comment parler de l'homme ? Certains personnages historiques sont peu ou mal connus. Ici, la matière est trop riche. Berlioz a beaucoup écrit sur lui-même et fort bien. Après lui, ses *Mémoires*, sa correspondance, ses nombreux articles, ses ouvrages littéraires et critiques, ont été fouillés et analysés. L'importance de l'écrivain a longtemps balancé celle du musicien. Puis la légende s'est emparée de cet exemplaire vivant du héros romantique.

Berlioz est toujours discuté, toujours actuel. A-t-il la place qu'il mérite ? Si le personnage exerce une espèce de fascination, n'est-ce pas aux dépens du musicien ? Peut-être oublie-t-on, à son sujet, que dans la vie de tout artiste « les événements sont l'écume des choses », pour reprendre le mot de Valéry. Leur importance n'est pas toujours celle que le bon sens, cette fausse logique, leur attribue. La relation des faits reste du domaine du contingent, voire de l'anecdote, à côté de la vérité de l'œuvre.

Il faut pourtant rappeler les grandes lignes de sa vie, citer ce qu'il est convenu d'appeler l'essentiel, qui ne l'est sans doute pas, et donner au lecteur les repères indispensables, établir un « Pour mémoire ». Il ne peut rien apporter de nouveau. Aussi avons-nous voulu le faire suivre d'une étude caractérologique qui nous permettra de mieux saisir l'étrange contradiction d'un esprit instable, malheureux, allié à l'audace du plus grand génie. Génie à la Michel-Ange, comme Berlioz désirait que fût sa musique (*Mémoires*, I, p. 17). A défaut d'une étude approfondie du « cas Berlioz » qui reste à faire, nous espérons donner par cette méthode au moins le désir d'aborder son œuvre en écartant les clichés classiques.

La vie de Berlioz, à la fois agitée et tendue, exubérante et crispée – « une vraie caricature », disait Mendelssohn – révèle un personnage aux vastes ambitions, affronté aux problèmes de la musique et du quotidien.

Mais la musique de Berlioz n'est pas le reflet de ce quotidien. L'anecdote est « à côté », simple prétexte et non source profonde. Certes, chez lui, tout événement est « prétexte » à musique, et le dernier cri de justification efface les précédents. La source réside en son génie propre, force créatrice issue de son tempérament bouillonnant. Une composition ancienne se métamorphose en un clin d'œil – en une nuit, dira-t-il, modeste – et, par quatre mesures ajoutées à la clarinette, va prendre enfin sa vraie place, la seule qui lui convenait, qu'elle attendait. Les dernières œuvres sont les rêves accomplis de l'adolescence, un retour à l'apollinien, l'étoile retrouvée, comme le « rosebud » de « Citizen Kane ». Pourquoi, alors, juxtaposer constamment, pour allier la réalité de l'événement au fait musical ? Cela n'explique rien de la musique à découvrir. Nous n'avons donc pas tenu à retracer tout l'arc-en-ciel des anecdotes qui sont venues s'interposer entre l'auditeur et la musique. La meilleure façon de s'informer sur celle-ci est de l'écouter. Écouter, c'est vouloir entendre davantage jusqu'à ce que se souvenir et deviner finissent par se joindre : compréhension. A force de reconnaissance, celle-ci ne s'analyse pas mieux que celle qu'on a fini par avoir de tel ou tel lieu touristique. On n'explique pas une ville, il faut y aller. On peut éveiller l'appétit de la visiter ; d'où le bénéfice des plans, des circuits, des horaires, guides pratiques laissant toute liberté au touriste. A lui ensuite de tenter l'aventure. C'est la raison des notices et des fiches analytiques que nous avons dessinées en deuxième partie de cet ouvrage, de façon aussi claire et brève que possible.

Notre route ne respecte pas l'ordre chronologique des œuvres, qu'on trouvera en fin de volume, mais les situe les unes par rapport aux autres suivant le genre. Encore faut-il se garder, chez Berlioz, de croire qu'un genre se cantonne dans une forme précise. On sera plus sensible au plaisant zigzag des métamorphoses successives que prendra la suite des sept ouvertures et des quatre symphonies, des cantates profanes et des trois grands opéras, des trois œuvres religieuses et, enfin, des différentes œuvres vocales, dont *les mélodies*. Ces sections ont été établies en concordance approximative avec la *Nouvelle Édition Berlioz* en vingt-six volumes, qu'a commencé de publier la maison Bärenreiter, à Londres.

'' Pour mémoire ''

lioz (Louis, Hector) naquit à La Côte-Saint-André (Isère) à cinq heures du soir, le dimanche 19 frimaire an XII, c'est-à-dire le 11 décembre 1803. Sa famille était fixée dans le village depuis plusieurs siècles et serait d'origine savoyarde.

Louis Berlioz, père d'Hector, était médecin. La fortune de la famille datait du grand-père, Louis-Joseph, conseiller-auditeur en la Chambre des Comptes du Dauphiné. Ce magistrat entreprenant sut fort bien faire ses propres comptes, puisqu'il eut dix enfants, acquit de vastes domaines et plusieurs tanneries. Héritier d'une solide aisance et sans ambitions personnelles, le docteur partageait sa vie entre la pratique assez désintéressée de son art et la surveillance de ses terres. Sa valeur professionnelle n'était pas négligeable : il aurait été un des premiers à songer aux traitements hydrothérapiques et à pratiquer l'acupuncture. Mais il n'avait ni le don ni le goût de se mettre en valeur. Doux et bon, plutôt mélancolique, de petite santé et disciple de J.-J. Rousseau, il eut une grande influence sur son fils. Cette influence consista surtout à ne pas gêner le développement d'un esprit fort différent du sien dont il sut solliciter la curiosité sans altérer l'originalité.

A l'âge de six ans, Hector fut placé au petit séminaire de La Côte, où l'on vivait au tambour. Une discipline toute militaire inculquait aux enfants le culte de l'empereur

– image de Dieu sur terre. L'empereur, qui n'en poursuivait pas moins sa lutte contre l'influence romaine, ferma le séminaire, et Hector réintégra la maison paternelle en 1811. Le docteur entreprit son éducation. Avec *une patience infatigable*, un *soin minutieux et intelligent*, il fut un maître de langues, de littérature, d'histoire, de géographie et même de musique. La bibliothèque paternelle était assez bien garnie. Hector y apprit pêle-mêle ce qui le passionnait et négligea le reste. Il fut en somme un autodidacte guidé par un homme cultivé. Cette démarche intellectuelle devait rester sienne toute sa vie : rebelle à l'enseignement classique, il sut trouver ce qu'il cherchait chez les maîtres qu'il se donnait.

Le docteur ne craignait pas la musique et il entreprit même de développer chez son fils le goût des délassements honnêtes. Il lui apprit le solfège, lui mit une flûte entre les mains en prenant la peine *de lui en montrer le mécanisme*. Il persuada quelques familles aisées de La Côte de faire venir un maître de musique. Le maire engagea un second violon du théâtre de Lyon, nommé Imbert, qui fut le premier professeur sérieux d'Hector. Cet Imbert devait quitter le pays au bout de deux ans, après le suicide assez mystérieux de son fils, lié d'amitié avec le jeune Berlioz. Il fut remplacé par un Alsacien nommé Dorant, beaucoup plus habile, et *qui excellait sur plusieurs instruments*.

A douze ans, Hector tomba follement amoureux, pendant les vacances, d'une jeune personne de six ans son aînée : Estelle Dubœuf. Il était admis, quoique bien jeune, aux réunions et sauteries familiales favorables aux idylles. Estelle et sa sœur Ninon étaient d'excellents partis. Le capitaine des lanciers Marmion, oncle d'Hector, venait d'avoir trente ans. Ce ne fut pas le militaire mais le jeune garçon qui prit feu.

Ses émotions religieuses furent moins vives. Sa première communion fut l'occasion, dira-t-il beaucoup plus tard, de sa première impression musicale. Une romance de d'Alayrac le ravit. Il devint *saint tout d'un coup* et *cette religion charmante fit son bonheur pendant sept années entières*. Après quoi, ils se brouillèrent sans retour.

6

La vie quotidienne à La Côte était assez douillette, un peu guindée et monotone, mais *protégée du rude contact des aspérités sociales.* Hector faisait des vers latins et passait maître sur le flageolet, la flûte et la guitare, sans compter le tambour pratiqué au petit séminaire. Son père ne lui laissa pas aborder le piano dont la pratique eût risqué de le passionner à l'excès. Il suffisait bien que ce fils composât déjà des pièces, dont l'exécution posait des problèmes au petit orchestre d'amateurs côtois qui se réunissaient le dimanche après la grand-messe.

A quinze ans, assez satisfait d'un quintette de sa composition, il écrivit aux éditeurs Janet et Cotelle, à Paris, pour qu'ils en prennent l'édition à leur compte, leur laissant espérer d'autres œuvres *aux mêmes conditions.* A l'inverse de son père, Hector ne manquait pas de confiance en soi.

Sans doute tenait-il cette assurance de sa mère, dont il a très peu parlé. C'est peu dire qu'il n'y eut pas d'affinité entre la mère et le fils. Ces deux êtres paraissent ne s'être jamais rencontrés que pour se heurter.

Madame Berlioz, née Marmion, était la fille d'un avocat au parlement de Grenoble. Grande, svelte, blonde, elle aimait dans sa jeunesse les réunions mondaines où elle brillait. Les attitudes théâtrales lui étaient naturelles. Mariée, elle devint irritable et manifesta une aptitude redoutable à dramatiser. Il est vrai qu'elle souffrait du foie. Sa piété était intransigeante et agressive.

Entre ces deux êtres rigides comme des récifs, le docteur Berlioz manœuvrait au plus près, avec l'instinct de conservation des faibles ou, si l'on préfère, la hauteur de vues des sages. *Esprit libre,* il poussait la probité intellectuelle jusqu'à faire réciter à Hector son catéchisme. Cette apparente sérénité cachait mal la vulnérabilité d'une âme sensible. Un jour, usé par les chocs répétés et une opiniâtre maladie d'estomac, il prit trente-deux grains d'opium, et, avoua-t-il à Hector, *ce n'était pas pour me guérir,* ce qui advint pourtant.

En dix-huit ans de mariage, les époux Berlioz eurent six enfants dont deux moururent en bas âge, à huit et trois ans. Hector, l'aîné, fut suivi de deux filles : Nanci et Adèle, puis d'un second garçon, Prosper, né en 1820 seulement. Malingre, aussi inquiétant par ses lacunes que par ses éclairs fulgurants, cet enfant tardif devait mourir à dix-huit ans, à Paris, dans des circonstances mal connues.

Le 22 mars 1821, Hector fut reçu bachelier à Grenoble. Il fallait choisir une carrière. Fidèle à sa méthode, le docteur s'était contenté de suggérer. Il avait étalé dans son cabinet le traité d'ostéologie de Munro. « Apprends ton cours et je te ferai venir de Lyon une flûte garnie de nouvelles clefs... » En novembre 1821, Hector et son cousin Alphonse Robert partirent pour Paris apprendre la médecine. A. Robert devait d'ailleurs devenir un médecin distingué de la capitale.

Les deux jeunes gens s'installèrent au Quartier latin, rue Saint-Jacques, et le jeune Berlioz commença loyalement ses études. Il recevait chaque mois de sa famille une pension de cent vingt francs (cinq cents francs-or de 1914). Il fréquenta le sinistre amphithéâtre de la Pitié, les cours de Thénard, Amussat, Gay-Lussac et, pour le plaisir, ceux d'Andrieux au Collège de France. Il n'était pas complètement isolé à Paris. L'oncle Marmion, en garnison à Beauvais et toujours célibataire, l'emmenait parfois au restaurant et au spectacle. Quelques familles amies l'invitaient. Élégant, bien élevé, Hector était un charmant fils de bonne famille.

Il découvrit aussi l'opéra : Boieldieu, Spontini, Méhul, d'Alayrac, Salieri et surtout Gluck. « Les Danaïdes » de Salieri lui dessillèrent les yeux, l'« Iphigénie en Tauride » de Gluck acheva la révélation : il serait musicien. Il l'écrivit aussitôt à son père qui entreprit de l'en dissuader. Ainsi commença le très classique conflit entre la famille bourgeoise et la vocation artistique du fils.

Hector déserta l'amphithéâtre de la Pitié, ses rats voraces et ses moineaux effrontés, pour la bibliothèque du Conservatoire. Sur les conseils d'un habitué, il soumit ses premiers essais au chevalier Lesueur.

Lesueur était un homme considérable qui avait été comblé d'honneurs sous tous les gouvernements successifs. Musicien très goûté de Marie-Antoinette, il avait composé des opéras sous la Terreur. Napoléon en avait fait le surintendant de la Chapelle impériale. Louis XVIII, puis Charles X lui conservèrent ses fonctions. Il était membre de l'Institut, correspondant de plusieurs académies et professeur de composition au Conservatoire. Il est juste d'ajouter que Lesueur avait eu ses heures difficiles, qu'il était bon et savait inspirer l'affection, qu'il usait en faveur de ses disciples de ses relations et de sa grande influence. « Élève de Lesueur » était un titre.

Acceptant la discussion du jeune Berlioz, qui reconnaissait *user parfois de la permission plus largement qu'il n'eût été convenable*, il fut un maître providentiel. Les lacunes mêmes de Lesueur, pour qui Berlioz avait une véritable admiration, *qu'il eut tant de regrets à voir s'affaiblir*, ont été un prodigieux

9

stimulant pour l'ambition de l'élève. Un génie trop impérieux aurait écrasé la personnalité naissante de Berlioz ou l'aurait mis en fuite.

Le risque n'était sans doute pas très grand puisque, dès 1823, le néophyte se mit à composer et à polémiquer à l'occasion, dans les journaux, contre Rossini et les dilettanti, ouvrant ainsi sa double carrière de musicien et de journaliste. Lesueur se vit soumettre un oratorio, *le Passage de la mer Rouge*, qui fut jugé digne d'une exécution publique en l'église Saint-Roch, à peu près pour l'anniversaire des vingt ans de l'auteur. Le jour de la répétition générale, *ce fut un gâchis à ne pas se reconnaître*. Valentino, chef de l'orchestre de l'Opéra, renonça à diriger la poignée d'exécutants qui représentaient les grandes masses de voix et d'instruments prévues.

Ce fiasco fit un effet déplorable à La Côte Saint-André mais Hector, qui n'avait pas complètement abandonné les études scientifiques, put annoncer quinze jours après qu'il venait d'être reçu *bachelier ès sciences physiques*.

Aux vacances suivantes, le docteur se trouva devant le dilemme : son fils serait-il médecin ou musicien ? Il était assez lucide pour admettre une vocation aussi évidente, mais comment faire accepter pareil choix à l'intraitable Mme Berlioz, si facilement théâtrale dans la vie, et pour qui les gens de théâtre *étaient excommuniés dans ce monde et damnés dans l'autre ?* Suivant sa pente, le docteur éluda le problème, mais Hector, revenu à Paris, se flatta d'avoir mis son père dans son parti. Le docteur se ressaisit de loin, par lettres. Hector fit ses comptes : il pensait avoir deux mille francs de rente, mais il saurait vivre à moins, *n'en mettons même que douze cents*. L'avenir était assuré *quand la musique ne devrait rien lui rapporter*. D'ailleurs, *mieux vaut être Gluck ou Méhul morts que ce que je suis à la fleur de l'âge*. Comme il recevait toujours sa confortable pension, la question ne se posait pas. Il continua donc de travailler son *Passage de la mer Rouge* et une messe. Pour exécuter cette messe, il fallait douze cents francs. Il n'hésita pas à les demander à Chateaubriand, qui lui répondit aussitôt « qu'il ne les avait pas », qu'il ne « pouvait le servir auprès des ministres » et lui en exprima « ses regrets bien

Acad.ᵉ des Beaux-Arts. (Musique)

LESUEUR

(Jean François.)

Chevalier de sᵗ Michel et de la légion d'honneur

Surintendant de la Musique du Roi

Professeur de Composition à l'École royale de Musique

Né à Drucat Plessiel près Abbeville le 15 Février 1766 du en 1815.

sincères ». Un jeune amateur fortuné, Augustin de Pons, les avança. Le 10 juillet 1825, la messe fit retentir les voûtes de l'église Saint-Roch. Sept journaux rendirent compte de l'événement, dont « le Corsaire » dans un style très berliozien. Mais Hector devait douze cents francs. Il rogna les dépenses. Il alla se loger dans l'île de la Cité, derrière le Palais de justice, au cinquième. Il se mit aux dattes et aux raisins secs grignotés sur les quais. Il courut le cachet. A La Côte Saint-André, on apprit qu'il avait des dettes. A. Robert, le cousin sérieux, avait prêté quatre-vingts francs qu'il demanda au docteur. Le docteur les donna mais demanda à son tour des explications. Hector avoua qu'il devait trois cents francs à l'ami de Pons. Le docteur remboursa.

Cependant, désireux d'offrir à ses parents un succès officiel, Hector décida de concourir pour le Prix de Rome. Il fut éliminé dès la première épreuve, et le docteur supprima la pension. Lesueur s'entremit et toucha quelques mots des dons du ciel et des desseins de la Providence. Le docteur répondit d'une encre superbe : « Je suis un incrédule, Monsieur! »

L'été suivant, Hector perdit la parole et l'appétit, son père le sommeil. Le docteur céda. Pendant que sa femme et ses filles étaient à la messe, il dit à Hector qu'il l'autorisait à poursuivre l'étude de la musique à condition de garder le silence et de repartir secrètement pour Paris. Bien entendu, toute la famille le sut. Le jour du départ, une scène atroce et ridicule éclata. Mme Berlioz jouait faux, mais son exaltation était sincère. Elle donna dans les formes sa malédiction à son fils qui n'en avait que faire. Il ne devait jamais oublier cette scène *d'une violence exagérée, invraisemblable, horrible,* qu'il attribua aux *opinions religieuses aggravées de préjugés provinciaux.* Il en éprouva *de la haine pour ces stupides doctrines, reliques du Moyen Age.*

Revenu à Paris, il s'inscrivit à l'École royale de musique (Conservatoire). Il devait encore six cents francs à de Pons. Pour réduire les frais, il fit ménage avec un étudiant en pharmacie nommé Charbonnel, fils d'un ancien maire de La Côte.

Au conservatoire, il suivit, exceptionnellement, à la fois la classe de composition de Lesueur, dont il était déjà l'élève à titre privé, et la classe de contrepoint et de fugue de Reicha. Reicha, d'origine tchèque, était un technicien et un théoricien, d'ailleurs bon algébriste. Berlioz, sans se priver de railler les *chinoiseries* de celui qu'il rangeait parmi les *illustres vieillards*, apprit beaucoup de lui *en peu de temps et en peu de mots.* Sans désemparer, il entreprit une œuvre de longue haleine sur un livret d'un fidèle ami resté au pays, Humbert Ferrand, intitulé *Lénor ou les derniers francs-juges.*

Négligence ou gêne réelle, il n'avait toujours pas remboursé de Pons, qui, peut-être inquiet pour la santé de son débiteur crut bon de réclamer ses six cents francs au docteur Berlioz en l'apitoyant sur les privations que s'imposait son fils. Le docteur, abasourdi par cette messe au passif inépuisable, paya de Pons et supprima la pension. Hector ne pouvait manquer de s'amender. Non, il s'obstina. Il connut alors la gêne matérielle astreignante. Une place de choriste aux « Nouveautés », à cinquante francs par mois, le sauva de la misère.

Au concours de l'été 1827, Berlioz fut admis à monter en loge. Sa cantate sur *Orphée déchiré par les Bacchantes* fut déclarée inexécutable, peut-être parce qu'elle embarrassa le médiocre pianiste chargé de la faire entendre au jury. L'été fut triste. Hector tomba malade et faillit périr étouffé par un abcès dans la gorge qu'il perça lui-même d'un coup de canif. Ému, le docteur rendit la pension.

Les coups de tonnerre se succèdent dans la vie d'un artiste aussi rapidement que dans les grandes tempêtes... La foudre, nous dit-il, le frappa à coups redoublés. Voilà ce qui arrive à ceux qui ont lu Chateaubriand et qui appellent à grands cris « les orages désirés ».

Ce fut d'abord Shakespeare, *tombant sur lui à l'improviste,* qui le foudroya. Cela se passa le 11 septembre 1827 à l'Odéon où une troupe d'acteurs anglais jouait « Hamlet ». Le rôle d'Ophélie était tenu par Harriet Smithson, une grande Irlandaise épanouie, au teint de lait et aux grands yeux saillants. *La secousse fut trop forte.* Berlioz perdit le sommeil et le goût du travail. Il erra dans les rues, battit la campagne,

MISS. H. SMITHSON,

In the Caracter of Ophélia.

Paris chez Martinet, rue du Coq St Honoré   Lith de Ducarme, r deoßissis St G.... l. lue .. V.G.t Paris

tombant en léthargie lorsque la fatigue le terrassait au hasard de ses courses : dans un champ près de Villejuif, dans une prairie aux environs de Sceaux, au café du Cardinal où les garçons le crurent mort.

Il fallait à tout prix faire du bruit, attirer sur lui l'attention d'Ophélie. Il dirigea à Saint-Eustache sa messe inexécutable, il se constitua *un parti*, mais il ne trouvait pas le moyen d'aborder l'inaccessible Harriet. La belle Irlandaise s'inquiéta des *allures de ce gentleman dont les yeux n'annonçaient rien de bon.*

En mars 1828, Berlioz, secoué par Weber, foudroyé par Shakespeare et sa divine interprète, voyait se lever *d'un autre point de l'horizon, l'immense Beethoven.* Loin de le consumer, la foudre le galvanisa. Malgré Cherubini, redoutable directeur du Conservatoire, il obtint du vicomte de La Rochefoucault, surintendant des Beaux-Arts, la salle où Beethoven venait de lui être révélé. Le 26 mai, il y donna un concert devant un auditoire clairsemé mais qui eut la révélation du génie de Berlioz et de sa puissance de suggestion. Il n'avait pas encore vingt-cinq ans.

Il en coûta quelque argent au docteur, et Hector dut emprunter. Quant à la recette, nul n'en parla. Le docteur supprima la pension.

C'est Lesueur qui avança les frais de la montée en loge le 5 juillet.

Berlioz a donné dans ses *Mémoires* une relation d'une verve mordante sur le concours de composition musicale et le règlement de l'Académie des Beaux-Arts. Le prix de musique, explique-t-il, est donné par des gens qui ne sont pas musiciens *mais peintres, graveurs, etc., tandis que les musiciens leur rendent la pareille au concours de peinture, gravure, etc.* Le 2 août, M. Berlioz, élève de M. Lesueur, obtint le Second Prix, mais grâce aux peintres et aux sculpteurs, car la section de musique ne lui avait rien accordé.

Ce Second Prix ne donnait droit à aucune pension. Le docteur rétablirait-il la sienne ? A tout hasard, Hector écrivit au ministre de l'Intérieur, chaudement appuyé par Lesueur. Le docteur rétablit sa pension, mais le ministre n'accorda pas la sienne.

Berlioz revint à Paris. Tandis que le brave Ferrand se noyait dans le livret des *Francs-Juges*, il composa les *Huit scènes de Faust*, c'est-à-dire à peu près les deux tiers de la future *Damnation*. Il s'introduisit dans une « Société du Gymnase lyrique » en formation ; sollicita une chronique dans un nouveau journal ; accabla Harriet de ses lettres. Il écrivit aussi à Gœthe qui apprécia le « ton élevé » de ce jeune musicien mais consulta son ami Zelter sur la valeur de la partition. Zelter expliqua qu'il s'agissait « d'une suite d'expectorations bruyantes, d'éternuements, de croassements et de vomissements », bref, « un résidu d'avortement résultant d'un hideux inceste ». Dûment renseigné, Gœthe garda un silence olympien.

Berlioz fit éditer les *Huit scènes* et publia dans « le Correspondant » un article où il exposait ses idées sur l'art musical. Le critique Fétis trouva dans ces *Huit scènes* du talent et de la facilité et lui promit les plus grands succès pour peu qu'il calmât cette fièvre de sauvagerie dont il était tourmenté.

Vint juillet, et le concours. Berlioz était convaincu que le Grand Prix lui était dû à l'ancienneté. Comme son génie venait d'être reconnu, il décida d'écrire dans son propre style et présenta son œuvre avec une épigraphe en vers de Shakespeare. Il n'y eut pas de Grand Prix cette année-là.

Le lendemain, il rencontra Boieldieu sur le boulevard :

— *J'ai pourtant fait de mon mieux, .monsieur, je vous l'atteste.*

— *C'est justement ce que nous vous reprochons. Votre mieux est ennemi du bien.*

La pension était de nouveau menacée. Il publia une biographie de Beethoven et donna un concert avec l'Ouverture des *Francs-Juges* et le *Resurrexit* qui eut un grand succès. Fétis convint que, « s'il avait la fièvre, ce n'était pas celle d'un homme ordinaire ». Autre succès : le concert rapporta 150 francs et le vicomte de La Rochefoucault envoya une gratification de 100 francs.

Lancé dans un tourbillon de travaux, de démarches et de plaisirs, Berlioz était devenu un personnage dont la place au premier rang n'était pas contestée parmi les musiciens « Jeune-France ». 1830 fut l'année de la *Symphonie fantastique* et du Grand Prix de Rome. Ce fut aussi l'année du retour en France d'Harriet Smithson. Considérée en Angleterre comme un comédienne de second plan, elle revenait jouer la pantomime à l'Opéra-Comique. *Elle est indigne de mon amour... C'est une femme ordinaire, douée d'un génie instinctif pour exprimer des déchirements de l'âme humaine qu'elle n'a jamais ressentis... Je la plains et je la méprise,* affirma Berlioz.

Détaché d'Ophélie, mais sans quitter Shakespeare, il subissait en effet le charme d'Ariel incarné par la jeune Camille Moke *qui lui mit au corps toutes les flammes et tous les diables de l'enfer.* La demoiselle enseignait le piano à l'Institut orthopédique, collège de jeunes filles où Hector enseignait la guitare. Elle était l'amie de Ferdinand Hiller, jeune pianiste allemand, ami de Berlioz. Dans cette situation, très classique, le fougueux romantique *se consola de ses chagrins intimes avec une ardeur fort convenable.*

Le 15 juillet 1830, quatrième concours de l'Institut. Berlioz mit en musique *la Défaite de Sardanapale,* tandis que le peuple de Paris mettait en scène celle de Charles X. L'impatient candidat sortit de loge au soir de la dernière des trois Glorieuses. Il courut s'assurer que Camille n'avait aucun mal et se lança fièvreusement dans les derniers remous de *cette révolution harmonieuse.*

Il arrangea en hâte une *Marseillaise* pour deux chœurs et une masse instrumentale, et dédia ce travail à Rouget de l'Isle. Celui-ci, de sa retraite champêtre de Choisy-le-Roi, lui écrivit mais il devait mourir peu après, si bien que Berlioz ne le vit jamais.

Le 21 août, Hector Berlioz obtint le Premier Grand Prix, ou plutôt l'un des grands prix, puisque celui de l'année précédente avait été rapporté. *L'Institut est vaincu !* Le 2 octobre, jour de l'exécution publique, il était seul, *sans père ni mère, ni cousine, ni maître, ni maîtresse à embrasser.* Ses parents étaient restés à La Côte, Lesueur était malade et Mme Moke n'avait pas voulu compromettre Camille.

Le lauréat espérait beaucoup de l'incendie de Sardanapale, un finale fracassant qu'il s'était prudemment gardé d'inclure dans le morceau de concours. L'exécution se déroula sans incident jusqu'à l'incendie tant attendu, lorsque *cinq cent mille malédictions sur les musiciens qui ne comptent pas leurs pauses !!! rien ne partit ! rien !!! un incendie qui s'éteint sans avoir éclaté... Ce fut encore une catastrophe musicale, si elle eût été au moins pour moi la dernière !*

La suivante ne tarda pas. Le 7 novembre, il devait donner à l'Opéra *la Tempête* sur un thème de Shakespeare. Une heure avant que *la Tempête* de Berlioz n'éclatât dans la salle, une vraie tempête, *comme on n'en avait peut-être jamais vu à Paris depuis cinquante ans,* s'abattit sur la ville. Il y eut deux ou trois cents auditeurs à peine. Ce fut *un véritable coup d'épée dans l'eau.*

Heureusement, le 5 décembre, Berlioz connut un grand succès. Dans la salle du Conservatoire, une centaine de musiciens, venus gratuitement, firent entendre l'Ouverture des *Francs-Juges*, les *Mélodies irlandaises*, la grande scène de *Sardanapale* et la *Symphonie fantastique. L'exécution ne fut pas irréprochable*, mais le public « Jeune-France » fut enthousiaste. Liszt se fit remarquer par ses applaudissements. Le même soir se donnait à l'Opéra une représentation au bénéfice d'Harriet Smithson, tombée dans la gêne, mais nous ne savons pas si Berlioz y assista.

Avec le Grand Prix, il tenait enfin *la pension de mille écus, les entrées à tous les théâtres lyriques, c'était un diplôme, un titre et l'indépendance, presque l'aisance pendant cinq ans.* Mais il fallait partir pour l'Italie. Or, Mme Moke, subjuguée par le Grand Prix, venait d'agréer Hector comme gendre. Quel déchirement de quitter Paris où les réputations s'oublient si vite, où les places sont toujours à conquérir, et d'y laisser Camille seule pour si longtemps. Un tel sacrifice pour aller s'enfermer *dans la caserne académique* dont il n'avait rien à apprendre !

Revenu à La Côte Saint-André où sa gloire n'était plus discutée, il y tomba malade. Son inquiétude fut attisée par quelques lettres de Hiller donnant des nouvelles de Camille pleines de sous-entendus spirituels. Il partit pour Rome dans l'état d'esprit qu'on imagine, seul et près de trois mois après ses camarades de promotion. Le voyage fut rude : en diligence par la vallée du Rhône, puis de Marseille à Livourne à bord d'un voilier sarde et par grosse mer, en compagnie de jeunes révolutionnaires italiens, enfin dans une vieille berline de Florence à la Ville Éternelle.

Le climat politique était très agité dans cette Italie coupée en morceaux. Les Français, révolutionnaires-nés, y étaient suspects d'hostilité au pape contre qui les gens de Bologne venaient de se soulever. Le peintre Horace Vernet, directeur de la Villa Médicis, surveillait les événements avec courage et bon sens. A tout hasard, il avait armé ses pensionnaires, mais les défenseurs ne souffraient pas de fièvre obsidionale. Berlioz, précédé de sa légende, était attendu avec curiosité. L'accueil fut bruyant et cordial. La Villa Médicis n'avait de la caserne que le goût de la blague et du chahut. Évidemment Berlioz n'était pas dans le ton. Il n'avait *d'attention ni pour les objets environnants ni pour le cercle social où il venait brusquement d'être introduit.* Il occupait tout le monde de ses désespoirs d'amour. Mendelssohn, qui séjournait à Rome et fréquentait la Villa Médicis, en vint à penser que « Berlioz n'a qu'une idée en tête : se marier ». Berlioz attendait des lettres de Camille qui auraient dû le précéder à Rome et qui n'arrivaient jamais. Il voulait rentrer à Paris pour connaître la cause de ce silence. Horace Vernet tentait de l'en dissuader. Sans doute pensait-il qu'une enquête sur place était bien inutile. Si Berlioz quittait l'Italie, c'était la radiation de la liste des pensionnaires et la pension perdue... Ses camarades s'amusaient : partira, partira pas ? Il partit le 1er avril 1831 et fut arrêté dès Florence par *une esquinancie assez violente.* Le 14 avril, La lettre, enfin, l'y rejoignit. *Elle était d'une impudence extraordinaire et si blessante pour un homme de l'âge et du caractère que j'avais alors qu'il se passa soudain en moi quelque chose d'affreux.* En un mot : Camille épousait M. Pleyel. Mme Moke (ce *vieil hippopotame*) reprochait à Hector d'avoir apporté le trouble dans sa famille et lui conseillait de ne pas se tuer. Berlioz

Berlioz vers 1830 pendant son séjour à la Villa Médicis (Signol)   *La Villa Médicis (J.-G. Goulinat)*

décida aussitôt de tuer tout le monde, dans l'ordre. *Quant à me tuer, moi, après ce beau coup, c'était de rigueur, on le pense bien.* Il établit un plan précis et s'en procura les moyens : deux pistolets doubles, une fiole de laudanum, une fiole de strychnine (on voit l'utilité des études de médecine), un costume complet de femme de chambre : robe, chapeau, voile vert, qui lui paraissait la tenue la plus propre à lui assurer l'incognito. Ce travesti s'égara à un relais. Une modiste de Gênes lui en fit un autre en quelques heures. La police sarde, sur sa bonne mine, le prit pour un *co-carbonaro, un conspirateur, un libérateur,* et le somma de passer par Nice.

Le temps passait, et la réflexion faisait son œuvre. Après quelques *convulsions de l'âme,* il décida de ne plus tuer et de ne plus mourir. Son dessein lui parut absurde : *Et si je vivais maintenant ? Si je vivais tranquillement, heureusement, musicalement ?*

Il remonta en voiture et il eut faim. Au village suivant, Diano Marina, il écrivit à Horace Vernet : *J'espère que vous n'aurez pas encore écrit en France et que je n'aurai pas perdu ma pension...* Il donnait une explication : il avait voulu se tuer, et la mort n'avait pas voulu de lui. Il se dépeignait *buvant l'eau salée, harponné comme un saumon, demeurant un quart d'heure étendu mort au soleil...*

Il s'étendit au soleil, bien vivant. Il resta un mois entier à Nice *à errer dans les bois d'orangers, à se plonger dans la mer, à dormir dans les bruyères...* Ce furent les vingt plus beaux jours de sa vie... O Nizza...

La police du roi de Sardaigne, inquiète de voir un homme heureux, un album à la main, prenant des notes, lui expliqua qu'il était indésirable. Il repartit pour Rome. L'avance consentie par Horace Vernet était épuisée. L'équipée lui coûtait plus de mille francs qu'il fallut emprunter à l'ami Ferrand.

A la Villa Médicis, l'accueil fut bon mais, par la suite, l'ironie de ses camarades l'irrita. Il devint *méchant comme un dogue à la chaîne.* Rome ne lui plaisait pas. La musique italienne était inexistante, sauf la musique populaire des pifferari, modestes artistes ambulants, admirable surtout dans son cadre montagnard des Abruzzes.

En fait, Berlioz eut d'agréables compensations à ses déconvenues. Il eut l'amitié de Mendelssohn, les promenades et les chasses dans la montagne, les bals d'osteria et les voyages dans toute l'Italie qu'il rappelle avec émotion dans ses *Mémoires* : Tivoli, Subiacco, Naples, d'où il revint à pied jusqu'à Rome à travers de multiples aventures. Il s'y imprégna de la beauté des paysages, des monuments et des filles. Mais Paris l'obnubilait.

Il obtint enfin l'autorisation de quitter l'Italie avant l'expiration des deux années officielles sous condition de passer un an en Allemagne. Le 2 mai 1832, il se mit en route, sans hâte. Horace Vernet lui avait versé la totalité de sa pension et il ne lui était décemment pas possible de se montrer à Paris avant la fin de l'année. Il mit un mois de flânerie délicieuse à rejoindre La Côte Saint-André.

Le séjour en Italie n'avait guère été productif : une ouverture de *Rob-Roy, longue et diffuse*, le *Retour à la vie, Mélologue*, fin et complément de la *Symphonie fantastique* et une mélodie : *la Captive*. En guise d'envoi réglementaire à l'Institut, Berlioz s'était contenté d'utiliser le *Resurrexit* de sa fameuse messe. Ces messieurs y trouvèrent *un progrès très remarquable et... l'abandon complet de ses fâcheuses tendances musicales*. A Rome, *la Captive* avait eu un tel succès que Vernet se plaignait de ne pouvoir « faire un pas dans le palais, dans le jardin, dans le bois, sur la terrasse, dans les corridors sans entendre chanter, ou ronfler, ou grogner : *Le long du mur sombre* »...

Passé la joie des retrouvailles, la vie de province lui parut morne à regretter la Villa Médicis. Sa sœur Nanci avait épousé un M. Pal, juge à Grenoble, *d'une loquacité effrayante. Ce Pal, un supplice... Il me tue...* proteste Berlioz. Le docteur, vieilli, ne songeait *qu'à se garantir des enthousiasmes, à se méfier des novateurs* et *à éviter les objets qui partagent l'opinion*. Adèle s'ennuyait. Mme Berlioz, dont la santé s'était encore altérée, s'emportait contre le petit Prosper, âgé de douze ans, dont le comportement était déconcertant. Tous les amis étaient mariés. Hector ne pouvait fréquenter *que le monde magistratural* où il se sentait *fort peu à son aise.*

A la fin d'octobre, il n'y tint plus et partit pour Paris. Il revint dans son quartier et, poussé *par une impulsion secrète*, loua l'ancienne chambre d'Harriet Smithson, ce qui lui permit d'apprendre qu'elle l'avait quittée peu de jours auparavant. *Il demeura muet et palpitant à la nouvelle de cet incroyable hasard et de ce concours de circonstances fatales.* Cependant, Miss Smithson, qui dirigeait une troupe d'acteurs anglais, jouait devant des fauteuils vides, et la presse même lui était hostile.

Berlioz prépara un concert, qui fut donné le 9 décembre dans la salle du Conservatoire. Au programme : *le Retour à la vie* et la *Fantastique*. Ce concert devait permettre d'exécuter le critique Fétis et de séduire enfin Ophélie. Selon les *Mémoires*, Fétis était coupable d'avoir « arrangé » Beethoven pour le mettre en accord avec les théories musicales de Monsieur Fétis. Il semble que Fétis ait eu aussi quelque intimité avec Camille Pleyel à qui le mariage avait laissé le goût de l'indépendance. Fétis fut mis au rang de *gigot fondant*. Le *Mélologue* faisait des allusions insistantes à *un triste habitant du Temple de la routine..., un oiseau vulgaire... fier et satisfait comme s'il venait de pondre un œuf d'or*. Par malheur, Miss Smithson se considéra comme aussi maltraitée que Fétis dans l'œuvre de son encombrant admirateur.

Pourtant, peu après, il obtint de lui être présenté. *A partir de ce jour, je n'eus plus un instant de repos...* L'entreprise n'était pas mince. Miss Smithson était accablée de dettes. A trente-trois ans, sa beauté fléchissait et elle avait à sa charge sa mère et sa sœur, une naine agressive, toutes deux hostiles à Berlioz. Harriet ne se décidait pas.

Il monta une représentation à bénéfice Smithson-Berlioz, mais le 1er mars, Harriet se cassa une jambe en descendant de voiture, accident douloureux dont elle se remit lentement. Le bénéfice fut reporté au 2 avril et, malgré l'absence de Paganini, vainement sollicité, rapporta de quoi passer l'été. Berlioz se démenait : sa biographie parut à plusieurs reprises sous des signatures amies ; des articles réclamaient son entrée à l'Opéra ; on commençait à lui attribuer « le genre instrumental expressif » ; il obtint que le départ pour l'Allemagne fût retardé jusqu'au début de 1834 ; il fit allouer un secours de mille francs à Miss Smithson et reçut commande d'une « scène héroïque » pour un concert monstre qui n'eut pas lieu.

Harriet ne se décidait toujours pas. Les attendrissements succédaient aux orages. A court d'arguments, Hector s'empoisonna devant elle. Du moins il nous le dit. Les Berlioz devaient être rebelles à l'opium puisqu'il en fut quitte pour des vomissements... Fin août, résigné, il se décida à partir pour Berlin.

Il ne devait pas partir seul. Une jeune fille, achetée enfant par un misérable, devait le suivre. Il la trouvait charmante. Le canular avait été monté par quelques amis, dont Jules Janin, désireux de voir les effets de cette diversion. Ils n'attendirent pas longtemps : Harriet se décida aussitôt. Le mariage fut célébré le 3 octobre 1833 dans la chapelle de l'ambassade britannique. Les amis se cotisèrent pour payer la noce et les jeunes époux allèrent jusqu'à Vincennes abriter « un bonheur insolent ». Berlioz crut bon d'informer Ferrand que sa femme était *tout ce qu'il y a de plus vierge*.

La comédienne avait quatorze mille francs de dettes et Berlioz devait faire vivre quatre personnes avec ses deux cents francs de pension mensuelle. Ils s'installèrent à Paris dans l'hôtel meublé de la rue Saint-Marc. Il recommença *le pénible métier de bénéficiaire*. Une représentation-concert eut lieu le 24 novembre au théâtre des Italiens. Elle se termina en déroute. Marie Dorval fut acclamée mais Harriet Smithson, mal remise de sa chute et dont l'aspect physique déconcertait les spectateurs, n'eut aucun succès. Le concert débuta avec deux heures de retard. *Liszt fut sublime*. Berlioz, qui dirigeait, s'embrouilla dans son *Sardanapale* et l'incendie fit long feu comme le jour du Grand Prix. A minuit, heure réglementaire, les musiciens s'éclipsèrent discrètement et le laissèrent avec douze instrumentistes étrangers pour donner la *Fantastique* que le public réclamait. Les malveillants ne manquèrent pas d'écrire que « sa musique faisait fuir les musiciens ». La soirée rapporta deux mille francs.

Berlioz eut sa revanche le 22 décembre, mais les problèmes financiers subsistaient. Harriet était enceinte. Il se lança dans la chronique musicale, au « Rénovateur » qui payait peu, et, occasionnellement à « la Gazette musicale ». Il ne tarda pas à s'imposer comme journaliste : il avait la verve, la vivacité du style, le trait qui porte. Ce métier l'amusait mais, en contrepartie, il en subissait les servitudes : les platitudes à écouter, les déplacements, le courrier à répondre, le temps perdu...

Montmartre en 1834

Pour les couches de Harriet, qui s'annonçaient difficiles, il loua au bon air un appartement dans une petite maison du village de Montmartre. Les amis venaient les visiter : Gounet, Janin, Eugène Sue, Legouvé, Hiller, parfois Vigny, Liszt, Chopin... cette demi-quiétude lui permit d'écrire *Harold en Italie*, achevé en juin. Le 14 août, Harriet mit au monde un fils qui reçut le prénom de Louis.

Berlioz cherchait maintenant à forcer les portes de l'Opéra. Il obtint pour sa femme, qui voulait à tout prix remonter sur les planches, un engagement au Théâtre nautique. Des hauteurs de Montmartre, ils descendirent 34 rue de Londres où ils louèrent un appartement. Harriet échoua lamentablement dans sa pantomime du Théâtre nautique, mais la première de *Harold* fut un triomphe et il y eut deux autres auditions. Toutefois ce succès ne touchait pas le grand public et le ministre ne payait pas la pension puisque Berlioz aurait dû être en Allemagne. Avec l'appui de la toute-puissante famille Bertin, la pension fut payée et il entra aux « Débats » comme chroniqueur de concert à cent francs l'article. Ces *gredins de journaux* le faisaient vivre, mais *quel sot métier que de feuilletonniser !... Talonné par le besoin*, il n'avait pas le recueillement nécessaire à la création : la *Fête musicale funèbre* restait à l'état de fragments, *Benvenuto Cellini* était au point mort.

Legouvé lui prêta deux mille francs et lui assura ainsi quelques mois de tranquillité. En sacrifiant une partie de son temps à surveiller les répétitions d'un opéra de Mlle Bertin, il put achever *Benvenuto* à l'automne.

En mars 1837, il obtint du comte de Gasparin, chancelant ministre de l'Intérieur, la commande d'un requiem qui devait être exécuté aux Invalides. Or, Cherubini avait lui aussi un requiem à placer, et *tous ses amis et élèves se mirent en course... pour obtenir qu'on dépossédât le jeune homme au profit du vieillard*. Berlioz l'emporta, non sans péripéties.

Prévue pour le 28 juillet, la cérémonie fut annulée. Berlioz, qui avait déjà exposé plus de quatre mille francs de frais, en fut réduit à espérer la mort de quelque Illustre ou une catastrophe nationale. La prise de Constantine – un carnage – fut l'occasion attendue. Le 5 décembre, sous la direction d'Habeneck, à qui Berlioz prête dans ses *Mémoires* le sombre dessein d'embrouiller volontairement les musiciens, l'œuvre connut un succès unanime. L'auteur se plaignit amèrement des conditions dans lesquelles il aurait été payé : *J'en maigrissais, j'en perdais le sommeil*. Il fut pourtant complètement payé dans les deux mois (quinze mille francs).

Le 18 février 1838, Mme Berlioz mourut à La Côte Saint-André. Cette mort paraît avoir peu touché son fils. Depuis longtemps l'indifférence avait succédé chez lui à l'hostilité et il avait tant d'autres soucis et d'affaires engagées! Il attendait avec impatience le tour de *Benvenuto* à l'Opéra. Il sollicitait un poste de professeur d'harmonie devenu vacant au Conservatoire. Il montait une combinaison pour devenir directeur du théâtre des Italiens qui venait de brûler. Les sieurs « Berlioz et Cie » *s'engageaient à reconstruire à leurs frais, risques et périls la salle Favart*. « Et Cie », c'était la famille Bertin, qui avait arraché au ministre des conditions financières si favorables que le projet ministériel fut rejeté en commission. Le *Requiem* fut joué à Lille avec grand succès, et les répétitions de *Benvenuto* se poursuivirent à l'Opéra au prix de fatigues et de tiraillements qui l'accablaient et le contraignaient parfois à s'aliter. Après plusieurs remises, la pièce fut jouée le 10 septembre devant une salle chauffée par les polémiques. Ce fut la chute brutale. A la seconde représentation, le 12, ce fut l'indifférence. La presse fut dans l'ensemble favorable et souvent clairvoyante, mais Berlioz dut se rendre à l'évidence : le public ne le suivait pas.

De nouveau, Hector tomba malade. La Providence lui ménagea alors un petit miracle. Paganini, dont l'avarice était proverbiale, qui avait été déchiré par la presse pour son refus de venir en aide aux comédiens anglais, Paganini, qui avait peut-être besoin de rentrer en grâce auprès du public, le proclama successeur de Beethoven et lui donna vingt mille francs. *Ma femme et mon fils, accourant ensemble, tombent prosternés au pied de mon lit, la mère priant, l'enfant étonné joignant à côté d'elle ses petites mains...* Les dettes payées, il lui resta une fort belle somme *qu'il ne songea qu'à employer musicalement*.

Le 9 février, il fut nommé conservateur-adjoint à la bibliothèque du Conservatoire, ce qui lui assurait quinze cents francs par an. Il put se consacrer à son *Roméo et Juliette*. A La Côte Saint-André, sa sœur Adèle, dont l'affection pour lui ne s'était jamais démentie, épousait un excellent homme :

le notaire Suat. Le 10 mai, Berlioz recevait la croix de la Légion d'honneur ; il n'avait pas encore trente-six ans.

Le 24 novembre, *Roméo et Juliette*, attendu comme un événement, fut donné avec succès. Wagner en fut frappé. Il y eut trois auditions qui rapportèrent onze cents francs. *Décidément, l'art sérieux ne peut pas nourrir son homme...*

Il fallut reprendre le métier de *musicien-prosailleur*. Le bonheur conjugal avait été court. Harriet, oisive, aigrie, incapable de tenir son intérieur, se mettait à boire. Elle accablait le malheureux Hector de scènes de jalousie qui effrayaient le jeune Louis. Les servitudes du chroniqueur lui permettaient au moins de fuir ce foyer devenu intolérable.

Au mois de juillet 1840, le gouvernement décida de célébrer le dixième anniversaire de la révolution de 1830. Toute la journée, Berlioz courait les ministères. M. de Rémusat, ministre de l'Intérieur, lui commanda une *Symphonie funèbre et triomphale*. La répétition générale en salle fut bonne. En plein air, malgré la puissance de l'orchestre, on entendait peu et mal. Les légions de la Garde nationale, impatientes de rentrer, défilèrent pendant l'apothéose, au bruit d'une cinquantaine de tambours. *Il n'en surnagea pas une note.* Mais M. de Rémusat *se conduisit en gentleman* et versa promptement les deux mille francs promis. La symphonie fut jouée quatre fois rue Vivienne.

Berlioz entreprit alors d'adapter pour l'Opéra le « Freischütz » de Weber, qui fut joué avec un certain succès, et publia à la même époque six mélodies sous le titre *les Nuits d'été*. Sa vie familiale était devenue atroce. L'argent qu'il gagnait coulait entre ses doigts. Harriet, flétrie à quarante-quatre ans, l'accablait d'une jalousie *à laquelle pendant longtemps (il) n'avait donné aucun sujet*. Ce sujet apparut sous les traits de Marie Recio, grande, brune, svelte, qui avait vingt-sept ans. Elle s'appelait tout bonnement Martin, mais était fille d'Espagnol. Elle lui apporta la fraîcheur et le regain dont il avait besoin, mais aussi son ambition aigrie de chanteuse ratée. Marie Recio n'avait pas de voix et voulait chanter à l'Opéra. Berlioz joua les terre-neuve, intrigua, imposa sa maîtresse.

PARIS PITTORESQUE. **BOULEVARD DES ITALIENS.**

En fait, il eut bientôt deux ménages à sa charge, l'Opéra
s'étant rapidement privé des services de Marie Recio. Après
une brève tournée en Belgique, il fit acte de candidature
au fauteuil laissé libre par la mort de Cherubini. L'Académie
des Beaux-Arts ne le présenta même pas. Onslow fut élu.
Dès lors, il ne songea plus qu'à quitter la France. *Il prit
les bénéfices d'une position dont il n'avait que les charges.*
Harriet, soupçonneuse, connaissait ses projets de départ
pour l'Allemagne. Elle surveillait ses bagages. Il les emporta
par petits paquets : le matériel de concert, les partitions,
les vêtements... Il prit la fuite, laissant une lettre.

Les tournées en Belgique et en Allemagne durèrent du
début de décembre 1842 à la fin de mai 1843. L'accueil
en Belgique fut froid. A Francfort, Berlioz retrouva *ce gros
scélérat d'Hiller*, ancien amoureux de Camille Moke. Marie
Recio le suivait fidèlement et chantait, hélas... Il tenta de la
perdre en route, mais elle le rattrapa à Weimar où, par chance,
le concert fut bon. A Leipzig, il retrouva Mendelssohn qui
l'aida fraternellement et, à Dresde, Richard Wagner qui y

était Kappelmeister. Il expédiait des bulletins de victoire aux journaux parisiens et un peu d'argent à sa femme. A Hambourg, le succès fut très vif. Le séjour à Berlin dura un mois. Meyerbeer le lui facilita de tout son entregent. Le roi de Prusse vint entendre *Roméo*. Ils rentrèrent par Magdebourg, Hanovre, Darmstadt. *Où trouver des expressions égales à ma gratitude, à mon admiration, à mes regrets ?... Vale Germania, alma parens !*

Berlioz retrouva un Paris embourgeoisé où les éclats romantiques n'étaient plus de mode. Il convint avec sa femme d'un modus vivendi dans l'intérêt du petit Louis qui avait déjà beaucoup souffert du désaccord familial. *Une séparation à l'amiable eut lieu entre ma femme et moi... mon affection pour elle n'a été en rien altérée.* L'entretien des deux ménages, c'était l'obligation de gagner de l'argent, la reprise des feuilletons, la rédaction d'un *Traité d'instrumentation*, travail de circonstance dont l'influence didactique et esthétique devait pourtant être durable. Le *Carnaval romain*, composé à cette époque, enthousiasma les auditeurs.

Fin juillet 1844, l'Exposition de l'Industrie touchait à sa fin. Pour la clôture, il prépara presque seul un gigantesque « Festival » (il était le père de cette expression) dans lequel il engagea des frais énormes : une armée d'exécutants, la location de la salle, les répétitions... Le succès populaire fut à la mesure du projet. Le 1er août, la foule envahit la salle *en poussant des cris de joie*. L'impression *dépassa toutes les proportions connues*. Des auditeurs reprirent le chœur de « Charles VI » d'Halévy : manifestation politique ? Berlioz dut fournir des explications au préfet. Il eut aussi *la douce satisfaction* de payer quatre mille francs à M. le Percepteur du droit des hospices. Bénéfice net : 800 francs. *Charmant pays de liberté !*

Son ancien maître d'anatomie, Amussat, le trouva mal en point, *jaune comme un vieux parchemin*, et l'envoya à Nice. Il n'y retrouva pas la joie de vivre qu'il y avait connue treize ans plus tôt, mais il s'y reposa et y travailla à une ouverture qui devait devenir *le Corsaire*.

Concert donné par Berlioz au Cirque olympique, janvier 1845

Revenu à Paris, il donna quatre festivals au Cirque olympique, mis à sa disposition par son directeur Franconi. Demi-succès et perte financière pour Franconi. Berlioz n'avait toujours pas de public.

Au début d'août 1845, « les Débats » l'envoyèrent à Bonn où l'élite des musiciens européens fêtait l'inauguration d'une statue de Beethoven. Il semble que ce retour aux sources ait favorisé la conception de *la Damnation de Faust*. Selon Berlioz, il écrivit la quasi-totalité du livret et composa la partition, *avec une facilité rarement éprouvée pour les autres ouvrages*, pendant son second voyage en Autriche, Hongrie, Bohême et Silésie, tout en roulant *dans sa vieille chaise de poste allemande*.

Marie Recio l'accompagnait, aigre et tenace, mais toujours belle. A Vienne, il retrouva Liszt. A Prague, il eut un triomphe. Le banquet d'adieux fut extraordinaire : Liszt but des flots de champagne, couvrit Berlioz de fleurs, voulut se battre en duel avec un inconnu qui avait bu plus que lui, ce qui ne l'empêcha pas, le lendemain, *de jouer comme de sa vie, je crois, il n'avait encore joué. O Praga ! quando te aspiciam !* C'est à Pest que fut créée la célèbre marche de Rakoczy qui souleva l'enthousiasme du public.

Ils revinrent à Paris fin avril 1846. A travers ses besognes habituelles, il poursuivit la composition de *la Damnation.* Il y travaillait partout et sans trêve si bien que, le 19 octobre, l'œuvre était achevée.

Berlioz s'engagea à fond, loua l'Opéra-Comique, prépara l'opinion, assura la direction de l'orchestre. En deux coups : les 6 et 20 février, il fut à terre. Encore une fois, le public ne vint pas ; encore une fois, la presse masqua l'échec. On lui offrit un banquet, une médaille et il fallut jouer la comédie du succès. En réalité, il était ruiné. Il devait dix mille francs qu'il n'avait pas. Une poignée d'amis l'aidèrent à payer les dettes. Mais pour vivre, il fallait fuir *cet atroce pays.* Balzac l'assura qu'il se couvrirait d'or en Russie et lui prêta une pelisse pour le voyage. Il partit. Le succès à Saint-Pétersbourg fut réellement foudroyant. Ses concerts firent d'importants bénéfices : *J'étais riche.* Il fut fêté à Moscou par la famille impériale. Il trouva même le temps de nouer une idylle, *une trombe de passion,* avec une choriste de Saint-Pétersbourg qu'il quitta avec désespoir.

En Allemagne, le soutien du roi de Prusse et de Meyerbeer compensèrent la tiédeur du public berlinois. Il se hâta de rentrer à Paris. Les nouveaux directeurs de l'Opéra étaient ses obligés, ils lui devaient un poste. Berlioz fit leur siège en vain pendant que les journaux brodaient des variations sur le retour de M. Berliozkoff, Berliovsky, Berliozineff...

Un ingénieux intermédiaire l'adressa au mirobolant Jullien, grand organisateur de festivals à spectacle. Ce Jullien était devenu directeur de théâtre à Londres. Quatre ou cinq

ans plus tard, le même Jullien expliquait à Berlioz qu'il
« avait découvert le *la* colossal donné par le globe terrestre
en roulant dans l'espace, le *la*, le *la* véritable, le *la* des sphères!
le diapason de l'éternité! ». Il lui arrivait aussi de « voir Dieu
dans une nuée bleue »... C'est dire le sérieux avec lequel
furent organisés les concerts pour lesquels Berlioz avait
signé des contrats à des conditions exceptionnelles.

Avant de se rendre en Angleterre, il passa à La Côte Saint-
André où il présenta au docteur, qu'il n'avait pas vu depuis
quinze ans, le petit Louis. Il mit aussi la dernière main à la
marche funèbre de *Hamlet* et à *la Mort d'Ophélie* et partit
seul, laissant son fils en pension à Rouen et l'encombrante
Marie Recio à Paris.

Ce séjour en Angleterre fut catastrophique. Il y fit *un
métier de cheval de moulin*. Ce *fou de Jullien* fut mis en faillite.
Londres était agité de violents remous politiques, tandis
que Paris était ensanglanté par les journées de juin 1848.

Le 28 juillet, le docteur mourut à La Côte au terme d'une
longue agonie. Hector y accourut, retrouva ses sœurs, put
s'attendrir dans la vieille maison familiale. Sa part d'héri-

Le cabinet du Dr Berlioz

tage – environ cent trente mille francs – lui donnait quelque sécurité matérielle, bien qu'il n'y eût pour le moment aucune possibilité de réalisation. Son beau-frère, le notaire Suat, se chargeait heureusement de la gestion. Après un pèlerinage à Meylan, il revint à Paris où la malheureuse Harriet, frappée d'une nouvelle attaque, était complètement paralysée.

A Versailles, le 29 octobre, il donna un concert devant quelques représentants de cette *république de crocheteurs et de chiffonniers. Concert fort inopportun*, ajoute-t-il, *tout le monde annonce l'Empereur.* Toutefois il conserva sa sinécure du Conservatoire et toucha même une gratification de cinq cents francs.

Au début de 1849, le monde musical n'avait d'oreilles que pour Meyerbeer. L'événement du jour, c'était « le Prophète ». Meyerbeer avait du talent en musique et du génie en affaires. Aimable avec tout le monde, il s'était concilié Berlioz, ce redoutable critique, en facilitant, la veille de la création du « Prophète », une exécution de fragments de *la Damnation.* C'est lui qui était, le 15 juillet, à la tête de la délégation d'amis qui offrit à l'auteur une médaille d'or commémorative de l'œuvre.

Pendant que « le Prophète » connaissait une carrière triomphale, Berlioz se débattait dans les malheurs familiaux. Son fils, Louis, parlait d'abandonner ses études pour naviguer. Harriet, inerte, attendait la mort. Sa sœur Nanci, rongée par un cancer du sein, souffrait un véritable martyre.

Il fallait à Berlioz un moyen d'échapper à la noria des feuilletons et d'imposer sa musique. Il lui fallait un orchestre et une salle. A la fin de 1849, il décida, avec un groupe d'amis, de fonder la Société philharmonique. Pour la constituer, la financer et la faire connaître, il dépensa une activité étonnante. Cette Philharmonique devait durer du mois de janvier 1850 au mois de décembre 1851, et sa brève existence fut extrêmement agitée. La salle Sainte-Cécile dont elle disposait avait une mauvaise acoustique. Berlioz était joué, on parlait de lui, mais le public était réticent. En avril, des luttes intestines divisèrent la Société. Une rivalité surgit entre Berlioz et Dietsch, le chef des chœurs. Berlioz remporta sur son adversaire une victoire à la Pyrrhus et, dès lors, la Société moribonde se traîna vers sa fin. Elle joua pourtant, sous le faux nom d'auteur de Pierre Ducré, un chœur des bergers qui s'intégra dans *l'Enfance du Christ*.

A La Côte Saint-André, la mort finit par délivrer Nanci Pal de ses souffrances. Spontini mourut aussi le 24 janvier 1851, mais ce fut Ambroise Thomas, cadet de Berlioz de huit ans, qui fut élu à son fauteuil. Berlioz n'obtint pas une voix.

Il repartit pour Londres comme juré dans la section des instruments de musique à l'Exposition Universelle. Il y forma un vaste projet, qui ne devait avoir aucune suite, et planta quelques jalons pour le printemps suivant. Les feuilletons écrits à cette époque sont particulièrement brillants. Le mois d'août à Paris fut occupé à remanier la partition de *Benvenuto* que Liszt lui avait proposé de monter à Weimar.

La Philharmonique expira après quelques soubresauts. Le 2 décembre, le Prince-Président fit son coup d'État que la France ratifia le 20. Berlioz n'avait rien à attendre du pouvoir impérial qu'il crut devoir assurer *de son admiration reconnaissante* sans qu'on lui en sût le moindre gré. Il repartit pour Londres où une New Philharmonic venait de voir le jour. Il la dirigea pour une exécution de *Roméo* qui connut un *succès pyramidal* et pour un concert où Camille Pleyel, rescapée de ses pistolets vingt ans auparavant, jouait un « Konzertstück » de Weber.

Malgré les nouveaux soucis que lui donnait son fils, qui parlait de renoncer à sa carrière de navigateur et de rentrer à Paris, il parvint à terminer *les Soirées de l'orchestre,* suite de variations brillantes sur les thèmes qui lui étaient chers. L'ami d'Ortigue fut chargé de les placer chez un éditeur parisien. Hector et Marie rentrèrent à Paris, fin juin, sans avoir obtenu d'engagement ferme pour la saison prochaine. Il put y faire exécuter son *Requiem*, espérant dans l'avènement de l'empereur une occasion de faire entendre son *Te Deum*. La « Berlioz-Woche » organisée à Weimar fut un intermède joyeux et réussi. Rentré à Paris, il se vit préférer Auber comme surintendant de la Chapelle impériale, tandis que *les Soirées de l'orchestre* connaissaient un succès flatteur pour le journaliste qui risquait ainsi, dans l'esprit du public, de prendre le pas sur le musicien.

Paris était submergé de récitals de virtuoses, d'opéras-comiques, de choses insignifiantes. Berlioz était malade, aigri, déjà usé. Après avoir tenté de résister, il vendit *la Damnation* à l'éditeur Richaud pour sept cents francs.

Revenu à Londres au printemps 1853, il donna *Benvenuto* pour essuyer un échec pire que celui de 1838 à Paris.

Où trouver le calme, le recueillement, plus simplement le temps indispensable à un travail personnel ? Un illustre homme d'affaires, Édouard Benazet, le roi de Bade, y invita le célèbre chroniqueur des « Débats ». Berlioz eut du moins le plaisir d'entendre sa musique applaudie par des salles brillantes qui en accueillaient bien d'autres avec une égale bonne humeur. Au retour, ce fut une autre invitation pour l'Allemagne, où le fidèle Liszt vint le soutenir à Leipzig. Tournée glorieuse mais fatigante, après laquelle il fallait de nouveau écrire des feuilletons, vanter un nouveau chef-d'œuvre de Scribe et Meyerbeer : « l'Étoile du Nord ».

A la fin de février 1854, Louis s'embarqua à Calais. La gêne pécuniaire, le porte-à-faux de leur situation, les besognes quotidiennes absorbantes avaient accumulé les obstacles entre le père et le fils. Et pourtant Berlioz aimait tendrement ce fils qui, par certains côtés, lui ressemblait tellement... Louis à peine parti, le 3 mars, la malheureuse Harriet succombait à une dernière attaque. Elle fut enterrée discrètement le lendemain dans le cimetière voisin de Saint-Vincent. La douleur de Berlioz fut profonde : c'était un arrachement définitif à sa jeunesse.

Pourtant il partit pour l'Allemagne dès la fin du mois avec Marie Recio. Il fut fêté à Hanovre, à Brunswick, à Dresde, mais ces succès n'étaient ni durables ni rémunérateurs. Sa querelle avec Wagner, maladroitement soulignée par Marie, irrita ses amis qui étaient justement les partisans du maître allemand. Dans la mélancolie du retour, il réussit à achever *l'Enfance du Christ*, fin juillet 1854.

Au début de septembre, un séjour à La Côte permit un partage amiable de la succession paternelle. Le 19 octobre, il épousa discrètement Marie Recio, n'avisant son fils de cette régularisation que huit jours après et n'informant ses amis que plus tard par lettre ou au hasard des circonstances. C'est aussi à cette époque qu'il écrivit les pages destinées à clore les *Mémoires*, donnant déjà l'impression de mettre ses affaires en ordre et de prendre ses dernières dispositions.

Le public parisien, qu'il ne parvenait pas à conquérir, fut séduit par *l'Enfance du Christ*, dont il donna trois auditions en novembre. Le succès d'une œuvre qu'il considérait comme mineure le toucha, mais lui confirma l'ampleur du malentendu. Pour être reçu, joué et compris, il était toujours condamné aux « campagnes » à l'étranger. Il revint donc à Weimar et à Londres. Entre ces deux voyages, il put faire jouer à Paris, le 1er mai, au prix d'efforts d'organisation épuisants, son *Te Deum* devant un immense auditoire. La presse fut élogieuse, mais Berlioz ne se faisait plus d'illusions sur la portée de ces victoires. Le travail de force, le travail de *cheval de moulin* continuait.

En juin, à Londres, il retrouva Wagner avec qui l'*engrenage* était bien difficile. D'ailleurs la gloire n'allait ni à l'un ni à l'autre, mais à « l'Étoile du Nord » de Meyerbeer. C'était pire à Paris où fleurissaient les œuvres de *centuples crétins... d'inventeurs de mariages entre femmes et singes*. Du moins en Allemagne retrouvait-il l'amitié de Liszt, qui vint à sa rencontre à Gotha en février 1856. Mais le vieil ami, envoûté par l'étrange princesse Wittgenstein que subjuguait Wagner, était gêné devant Berlioz flanqué de Marie au caquet agressif. Il y eut des froissements. Berlioz paraît ne pas avoir même prêté attention aux « Poèmes symphoniques » que Liszt venait de publier. La princesse réussit pourtant à piquer l'amour-propre de Berlioz et à l'affermir dans son vaste projet des *Troyens* en lui faisant valoir l'exemple de Wagner, son acharnement et son désintéressement. Comment tenir parole au milieu des difficultés matérielles ? Le coût de la vie à Paris avait augmenté dans de telles proportions qu'il dut trouver un appartement plus petit et moins cher près de la barrière de Clichy. Et son fils Louis, décidément instable, était de nouveau sans emploi...

Il avança pourtant dans sa *grande machine dramatique*. Il y travaillait même pendant ses visites académiques, car Adam venait de mourir subitement et voici que Berlioz était présenté en tête par les musiciens de l'Institut.

Le 21 juin 1856, il fut élu au quatrième tour. *Me voici donc devenu un homme respectable. Je ne suis plus ni truand ni bohème! Arrière la Cour des miracles!!! J'oubliais de vous dire que cela me donne quinze cents francs de rente... quinze feuilletons de moins à faire!...*

Fin juillet, l'esquisse du poème des *Troyens* était terminée et il put partir pour Bade après un séjour à Plombières où il prit les eaux. En effet, sa santé ne cessait de s'altérer et son travail s'en ressentait. Après une seconde cure, la partition, très avancée, fut achevée le 7 avril 1858.

Le plus difficile restait à faire : comment être accepté ? Rien à attendre du pouvoir. En septembre, Berlioz aborda l'empereur au milieu de quarante-deux autres visiteurs. *Il avait son air de 25 degrés au-dessous de zéro. Quelques paroles banales... Le tour était fait. C'est vieux comme le monde. Je suis sûr que le roi Priam en faisait tout autant.*

En attendant, il publia quelques extraits des *Mémoires* et prépara une suite aux *Soirées de l'orchestre* : *les Grotesques de la musique*. C'était un recueil d'articles d'une gaieté grinçante et presque macabre qui connut un bon succès de librairie.

Les Troyens, achevés depuis plus d'un an, n'étaient toujours pas joués. Pour en avoir une idée, il dut en répéter quelques fragments avec un groupe d'amis. A Bade, où il se traîna en août 1859, il put en faire jouer d'autres avec orchestre et chœurs. Il y travailla encore tout en restaurant et rétablissant dans sa version primitive l' « Orphée » de Gluck qu'il reprit avec succès au Théâtre lyrique. Rien n'ébranlait *la résistance inerte des imbéciles qui dirigent l'Opéra.*

Wagner était désormais à Paris : nouvelle menace pour *les Troyens*. Le tapage fait autour de la *musique de l'avenir* ne présageait rien de bon. « Tannhäuser » et *les Troyens*, c'est beaucoup trop pour le frivole public, ce serait donc l'un ou l'autre.

Fin février 1860, Berlioz se rendit en hâte à Vienne où sa sœur Adèle venait de tomber gravement malade. A peine revenu à Paris, il apprit sa mort. Il était tellement épuisé qu'il n'eut pas la force d'assister aux obsèques de celle dont il disait simplement : *Nous nous aimions.*

Ses efforts pour s'imposer comme chef d'orchestre restaient vains, les places allaient à d'autres. Seule la saison de Bade lui apporta quelques satisfactions : Benazet lui commanda un opéra gai, et il se mit aussitôt au travail sur un thème tiré de « Beaucoup de bruit pour rien » de Shakespeare. Ce nouveau projet devint *Béatrix et Bénédict.*

Rien de décisif pour *les Troyens*, alors que les répétitions de « Tannhaüser » étaient commencées à l'Opéra. Berlioz dut faire imprimer sa partition à ses frais.

Les 13 et 18 mars 1861, « Tannhaüser » s'écroula dans le tumulte. Berlioz n'écrivit rien dans « les Débats » – silence remarqué – mais il ne put s'empêcher de laisser échapper dans ses lettres une joie mauvaise : *Le public a ri du mauvais style musical. Pour moi, je suis cruellement vengé.*

La saison de Bade fut terne et, à l'automne, il dut se contenter d'organiser pour l'Opéra une représentation d' « Alceste » de Gluck qui reçut bon accueil, comme « Orphée ».

Louis continuait de lui donner des inquiétudes : il avait reçu de son fils une lettre blessante, qui lui *procura une douleur inconnue*, suivie d'un silence de quatre mois. Où était-il ? Que faisait-il ? Avait-il un ou plusieurs enfants ?...

La mort d'Halévy, le 17 mars 1862, décida Berlioz à faire acte de candidature au fauteuil de secrétaire perpétuel de l'Académie des Beaux-Arts où il faillit être élu, mais fut finalement devancé de neuf voix par l'archéologue Beulé.

Le 13 juin, il se trouvait avec sa femme chez des amis de Saint-Germain-en-Laye lorsque Marie, qui n'avait que quarante-huit ans, tomba foudroyée par une crise cardiaque. Sexagénaire, deux fois veuf, brouillé avec son fils, Berlioz chancelait sous les coups. Il courba le dos, resta avec sa belle-mère dont le baragouin franco-espagnol l'exaspérait, mais qui le soignait avec un dévouement maternel. Son fils vint lui apporter le réconfort d'une réconciliation.

Cet homme ravagé trouva l'occasion, dans son désarroi, de souffrir d'amour pour une mystérieuse Amélie, rencontrée parmi les tombes, et dont il devait se séparer cruellement avant qu'elle ne meure à son tour à la fleur de l'âge. Et le travail sauveur l'entraînait : tout en préparant les répétitions de *Béatrix et Bénédict*, il entreprit un recueil d'articles : *A travers chants*.

Les représentations de Bade eurent un succès de bon augure pour *les Troyens*, mais rien n'était encore décidé lorsqu'il partit pour Weimar à la fin de mars.

Enfin Carvalho, nouveau directeur du Théâtre lyrique, put mettre en train l'*énorme machine*.

Aux répétitions, il fallut couper, rogner, remanier l'œuvre pour satisfaire aux exigences des gens de théâtre. *Y en a-t-il des trucs là-dedans, et des trappes, des chausse-trapes et des attrapes !*... Travail écrasant qui se poursuivit de juin à novembre, avec une interruption pour une tournée triomphale à Strasbourg et une autre à Bade.

A la première des *Troyens*, le 4 novembre 1863, Berlioz fut acclamé. La presse fut élogieuse, mais sans enthousiasme. Décidément trop malade, il dut alors s'aliter et, lorsqu'il put se lever, en décembre, l'œuvre encore abrégée était jouée devant des salles clairsemées. Aucun personnage officiel n'avait fait acte de présence. La vingt et unième représentation, le 20 décembre, fut la dernière.

Désormais, *sa carrière était finie*. Ce demi-succès avait été assez lucratif. Tous comptes faits, il avait de quoi vivre ou survivre. Il cessa sa collaboration aux « Débats » et consacra ses dernières forces à tenter d'assurer la pérennité de son œuvre.

En février 1864, la concession du cimetière Saint-Vincent étant expirée – dix ans déjà... – il réunit Harriet et Marie dans le caveau du cimetière de Montmartre.

Il vit mourir Meyerbeer, la grande lumière du siècle, celui qui laissait sans maître l'art musical. Qui pensait à Berlioz ? Le gouvernement ne l'oubliait pas tout à fait puisque, le 15 août 1864, il était promu officier de la Légion d'honneur dans la même liste que son vieil ami Legouvé.

A la fin du mois, il quitta Paris pour un pèlerinage en Dauphiné. Il y passa quelques semaines paisibles auprès de ses nièces et de son beau-frère Suat. En réalité, il était poussé par le désir de revoir l'Estelle de sa jeunesse devenue Mme Vve Fornier et septuagénaire. Il la revit en effet et se lança dans l'étonnante entreprise de redonner vie à un amour d'adolescent. Les faits résistèrent...

Rentré à Paris, la plupart du temps couché, ne sortant presque plus et parlant peu, il donnait l'impression d'attendre la mort. Quelques secousses ébranlaient parfois sa sensibilité engourdie, toujours bouillonnante en profondeur comme une lave enfouie. En mars 1866, le chef d'orchestre Pasdeloup donna le septuor des *Troyens*. Berlioz, qui se tenait modestement dans le public, fut reconnu, embrassé, acclamé jusque sur le boulevard. « Alceste » de Gluck était repris avec succès à l'Opéra, pourquoi n'y aurait-il pas une place pour la musique de Berlioz ?

Le 20 novembre, Joseph d'Ortigue, le compagnon de toutes les luttes, son porte-parole, qui depuis trente ans rompait des lances pour sa cause, succombait à une attaque d'apoplexie. Perte irréparable. Berlioz trouva quand même la force d'entreprendre de nouvelles campagnes : en Autriche, où il eut un triomphe, et à Cologne, où il revit Ferdinand Hiller.

A la fin du mois de juin, le jour même où des amis avaient préparé à son intention une fête intime, il apprit dramatiquement, dans la rue, la mort de son fils Louis, emporté par la fièvre jaune à La Havane.

Ce coup l'anéantit. Il ne lui restait plus qu'à se terrer dans sa *grotte de Caliban*. L'opium ne parvenant plus à calmer ses souffrances physiques, il glissait dans une longue prostration.

Ses derniers mois furent secoués de sursauts d'énergie stupéfiants. Un jour de juillet, il se rendit à la bibliothèque du Conservatoire où il brûla dans la cheminée quarante ans de souvenirs : lettres, couronnes, articles, photographies. Ses médecins tentèrent une cure à Néris, qui ne fit qu'aggraver ses douleurs, mais il accepta d'aller en Dauphiné marier une de ses nièces et il y revit son Estelle pour la dernière fois.

C'est dans cet état qu'il céda à l'insistance de la grande-duchesse Hélène de Russie et partit pour Saint-Pétersbourg, le 12 novembre, engagé à diriger cinq concerts classiques et un de ses propres œuvres. Ce qui pouvait subsister du vrai Berlioz s'épuisa dans ce voyage exténuant. Comme un automate, il envoya à Paris les traditionnels bulletins de victoire mais, à son retour, il faisait peur.

Le docteur Nélaton lui confirma qu'il était perdu. Il prit la fuite vers le soleil, vers la mer lumineuse, vers Nice où il avait été heureux. Il erra au bord du rivage, entre les rochers. Une première congestion cérébrale l'abattit, suivie d'une seconde. Seul et sans prévenir quiconque, il attendit à l'hôtel une mort qui ne vint pas. Il rentra à Paris défiguré, couvert de plaies, la tête bandée.

Encore un sursis de quelques mois... En août, il se rendit à Grenoble où les notables fêtèrent le membre de l'Institut, soutenu par son beau-frère, le juge honoraire Pal.

A son retour, il lui fallut encore apprendre la mort désespérée de Humbert Ferrand. Ruiné, paralysé, Ferrand n'avait pas survécu à l'exécution de son fils naturel, un dévoyé qu'il avait adopté et qui avait étranglé sa femme.

En octobre, Léon Kreutzer, en novembre, Rossini le précédèrent de peu dans la tombe.

Au début de mars, il sombra dans un lourd sommeil sans retour. Il s'éteignit vers midi, le lundi 8 mars 1869, devant la vieille Mme Martin et quelques amies.

Cet homme extraordinaire eut un enterrement très convenable. La cérémonie fut d'une correction mesurée. Il eut tout ce qui était dû à un membre de l'Institut, officier de la Légion d'honneur : un détachement de la Garde nationale, une délégation de ses confrères, de la musique de circonstance et des discours d'usage.

A ce grand créateur dévoré par son œuvre, excessif, mal compris et toujours désaccordé, Paris, qu'il avait tant voulu conquérir, offrait un dernier malentendu en lui accordant ce qui lui ressemblait le moins : la banalité distinguée.

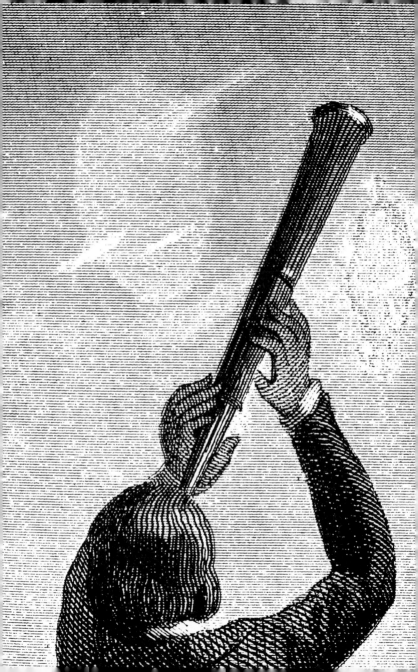

> *Les gens passionnés sont charmants, ils s'imaginent*
> *que le monde entier est préoccupé de leur passion, quelle*
> *qu'elle soit, ils mettent une bonne foi vraiment édifiante*
> *à se conformer à cette opinion. (Mémoires,* I, p. 191.)

Berlioz et la sincérité

LA rapide notice biographique que nous venons de tracer ne révèle rien de nouveau sur Berlioz. Pis encore, elle souffre d'un défaut sans remède, inhérent au genre : elle substitue à l'actualité de l'événement, tel qu'il a été éprouvé par un esprit, sa transcription objective dans une perspective historique.

INSUFFISANCE D'UNE BIOGRAPHIE

Quand Berlioz défaille à la pensée qu'Ophélie va peut-être entendre la musique qu'elle lui a inspirée, nous savons ce qu'il en adviendra dix ans plus tard. Mais Berlioz, lui, n'en sait rien. La connaissance de l' « après » ne laisse pas de donner, quoi qu'on en ait, une tournure d'instruction judiciaire à la relation du « pendant ». Si la sympathie fait défaut, la fausse supériorité de celui qui sait l'entraîne vers l'ironie, la louange ou le blâme.

Il faudrait, bien évidemment, retrouver l'actualité vivante de l'esprit pour pénétrer dans son intimité. A. Boschot, qui a médité sur la difficulté, voit la solution dans une méticuleuse résurrection de la vie humaine, jour par jour, en une suite ininterrompue de tableaux minutieux qui seraient « la traduction sensible des états d'âme correspondants ». Il reconnaît aussitôt que c'est un idéal inaccessible, mais dont, « faute de l'atteindre pleinement, on peut parfois s'approcher ». Or il ne paraît guère possible d'approcher davantage cet idéal qu'il ne l'a fait dans son étude exhaustive

Les Nébuleuses (lithographie de Granville, 1849)

Il existe une autre démarche pour découvrir les aspects essentiels du Berlioz intérieur, sans porter de jugements de valeur qui ne seraient que le reflet d'opinions personnelles, et sans glisser dans la vie romancée, genre que le personnage appelle, qui a ses mérites, mais d'un autre ordre. Elle repose sur l'utilisation de la caractérologie, instrument relativement nouveau.

Elle ne peut rendre compte du génie. C'est par ses dons que Berlioz est Berlioz. Un homme ordinaire, doté du même caractère, n'eût pas pour autant écrit *la Damnation*. Fils rebelle, amant chimérique, père malheureux, Berlioz est avant tout l'homme qui a écrit la *Fantastique*, et l'on touche là à une originalité irréductible.

Mais la caractérologie peut nous permettre de comprendre la genèse intérieure des actes de Berlioz ; elle peut expliquer des contradictions apparentes et des écarts inattendus ; elle peut révéler des tensions cachées ; elle peut donner de précieuses indications sur le jaillissement de l'œuvre, sa forme, son style, les réactions qu'elle a suscitées sur le public et la critique. En un mot, elle est éclairante.

UN PASSIONNÉ TOURMENTÉ Ce terme peut s'entendre dans son acception courante, car il fait image. Toutefois, on voudra bien noter que, dans une classification caractérologique précise, il n'a d'autre sens que la désignation du type auquel il correspond, ici le type émotif-actif-secondaire et, dans ce type, celui qui est le plus proche des nerveux (émotif-non-actif-primaire).

Berlioz correspond assez bien à ce type. Cependant, chez lui, on notera l'inégale importance des trois facteurs fondamentaux. L'émotivité domine l'activité qui l'emporte sur la secondarité. Voilà qui permet déjà de nuancer notre portrait. On voit assez bien en quoi Berlioz diffère du passionné, chez qui domine l'activité (Napoléon) ou la secondarité (Colbert, Pasteur). On voit aussi en quoi il peut ressembler aux types voisins par le fléchissement, soit de l'activité, soit de la secondarité, soit des deux à la fois. Certains de ses comportements le rapprochent tantôt des nerveux comme Byron ou Baudelaire, tantôt des sentimentaux comme Vigny et Eugène Delacroix.

46

L'intervention des facteurs complémentaires permet d'entrer dans le détail et d'atteindre à la ressemblance. Ils correspondent à des éléments du caractère qui sont moins essentiels mais qui sont souvent plus apparents et plus frappants. C'est ainsi que l'agressivité de Berlioz est aussi voyante que son nez ou ses cheveux. Dirigeant contre l'adversaire les manifestations de son activité, déjà concentrées par l'étroitesse du champ de conscience, elle donne au personnage son style et sa couleur.

Dans l'ordre décroissant d'importance de ces facteurs de tendance, on relève d'abord chez ce passionné tourmenté une polarité Mars accentuée. C'est dire que, dans ses rapports avec autrui, il ne cherche pas la conciliation et encore moins le compromis. Il ne tend pas à convaincre par la séduction ou la ruse. Il s'impose, il attaque de front et il s'efforce de vaincre. Il ne fuit pas la contradiction, il la rechercherait plutôt. Cette polarité Mars, qui accuse les conflits, dramatise les oppositions, provoque de la part des autres les réactions d'hostilité les plus violentes.

Son avidité est très forte. C'est un égocentrique pour qui le centre de la réalité est en lui-même. Son avidité, que l'on peut assimiler assez grossièrement à la volonté de puissance, le pousse à dominer le monde extérieur. Il va l'absorber, en faire une part de lui-même et l'intégrer dans sa musique. Cette musique sera donc le « reflet mélodique » de sa vie. Il mettra à son service toutes ses conquêtes : les situations officielles, les distinctions honorifiques, son « poste armé » dans la presse et tout l'argent qu'il pourra gagner. Il ne désire pas posséder pour avoir et encore moins pour garder, mais bien pour créer, c'est-à-dire pour davantage être.

Son champ de conscience est normalement étroit. Son esprit se concentre avec force sur certaines idées, certains sentiments, certains thèmes musicaux déterminés. Tout ce qui n'est pas éclairé par ce faisceau puissant, mais non large, de l'attention, reste comme inaperçu. Habituellement, son paysage mental est net, plein de relief et fortement structuré, comme celui de sa musique. Cette concentration de l'énergie favorise la force et la clarté de la conception. En contre-

partie, elle nuit à son ampleur et à la perception des ensembles. Il semble que Berlioz ait conçu nombre de ses grandes œuvres par fragments jaillis d'une pièce, qu'il travailla ensuite à relier par un labeur acharné. En outre, l'étroitesse du champ de conscience l'expose souvent à la raideur et au secret. Il est parfois partial et fait preuve d'arbitraire dans l'appréciation des autres par incapacité de se mettre à leur place. Il est souvent « braqué ».

Ses intérêts sensoriels sont forts, comme chez les artistes en général, mais localisés. C'est surtout le monde des sons qui l'intéresse. Servi par des dons exceptionnels, il est né pour la création musicale. Il avoue franchement que son jugement ne vaut rien sur les œuvres d'art plastique et il s'étonne que les graveurs et les peintres puissent juger sa musique. La part qu'il fait aux chefs-d'œuvre qu'il a pu ou aurait pu voir pendant son séjour en Italie est révélatrice.

Sa passion intellectuelle est vive et profonde, mais toujours centrée sur la genèse de l'œuvre musicale et les moyens utilisés pour l'exprimer, problèmes sur lesquels il a constamment réfléchi, beaucoup lu et beaucoup écrit.

Sa tendresse paraît faible. Cela ne signifie pas qu'il soit incapable de bonté et d'amour, loin de là, mais il ne recherche pas les aspects caressants de la vie et des êtres. S'il est ému, il est secoué de sanglots ou il crie sa joie. Il n'est pas l'homme des demi-teintes.

Dans son enfance, les dispositions innées de son caractère ne furent pas atténuées ou modifiées, soit par des contacts précoces avec d'autres enfants que ses sœurs, soit par des contraintes matérielles. Son éducation, après la première période du séminaire, fut entièrement familiale, dans un milieu aisé de bourgeoisie provinciale, en somme très paisible et très protégé. *Les enfants restent ainsi en relations exclusives avec leurs parents, leurs serviteurs, de jeunes amis choisis... Le monde et la vie réelle demeurent pour eux des livres fermés, et je sais, à n'en pouvoir douter, que je suis resté à cet égard enfant ignorant et gauche jusqu'à l'âge de vingt-cinq ans.*

Quand les difficultés surgirent, le caractère de Berlioz était fixé. Les conditions sociales dans lesquelles il vécut poussèrent à l'extrême les manifestations de ce caractère, en l'obligeant à en déployer toutes les ressources et à en mettre en œuvre toutes les virtualités, jusqu'aux bizarreries. Dans le milieu d'artistes qui était le sien, l'apparence comptait beaucoup, car elle s'y distingue mal de la réalité. La sensibilité romantique qui modela sa jeunesse était très extériorisée et, parmi les Jeune-France, on pouvait douter de l'existence même de sentiments qui ne se seraient pas exprimés par des cris, des larmes, des supplications ou des rugissements.

Quant aux circonstances matérielles, elles lui furent, d'une manière générale, nettement défavorables. S'il ne souffrit pas de la vraie misère, il fut constamment éperonné par le besoin d'argent, souvent à court et en tout cas privé de la quiétude que donne l'aisance. Auprès de sa famille, il ne rencontra guère que de l'hostilité ou au mieux de l'incompréhension pour ses aspirations et sa carrière. Ses deux femmes ne purent lui apporter la seule forme d'aide utile à un aussi tumultueux créateur : une intimité protégée, un refuge nécessaire à l'élaboration de son œuvre. Sa sœur Nanci note dans son Journal : « Il ne montre aucune sensibilité, il est inflexible comme un roc. »

La contradiction le pousse dans sa propre voie, plus avant peut-être qu'il n'y serait allé de lui-même. *Tel est mon caractère. Il est aussi inutile et dangereux pour une volonté étrangère de contrecarrer la mienne si la passion l'anime, que de croire empêcher l'explosion de la poudre à canon en la comprimant.*

C'est ainsi que la suprême séduction d'Harriet Smithson fut d'abord de paraître inaccessible, ensuite de refuser un mariage que tout le monde désapprouvait.

Les difficiles rapports Berlioz-Wagner, qui ont fait couler beaucoup d'encre, sont ceux de deux caractères du même type. Ce n'est que sur les rayons d'une bibliothèque qu'aujourd'hui Wagner et Berlioz voisinent sereinement. Il en va autrement dans la vie. Le génie est par essence captatif et exclusif. Wagner, qui a les mêmes admirations que Berlioz, se plaît à reconnaître chez lui un artiste désintéressé, serviteur d'un idéal comparable au sien. « L'homme richement doué ne peut trouver que dans un homme supérieur un ami qui le comprenne... Il existe entre Berlioz et moi une intime parenté. » A Liszt, Wagner affirme : « Nous sommes tous les trois pareils... cette triade se compose de toi, de lui (Berlioz) et de moi. »

Pour Berlioz, Wagner a *quelque chose de singulièrement attractif, et si nous avons des aspérités tous les deux, au moins nos aspérités s'emboîtent.*

Mais, à certains moments, l'artiste ne vit pas hic et nunc ; il est dans son œuvre, qui est un monde clos et intemporel. On conçoit qu'il lui soit difficile, voire impossible, d'adopter la docilité de l'auditeur ou du critique. Berlioz ne fait pas du Wagner : il « commet des fautes de goût ». Wagner, prophète de « la musique de l'avenir », fait souffrir Berlioz, certains passages le heurtent : *Ce genre de musique m'est odieux, il me révolte.* Berlioz va jusqu'à nous paraître dur et indifférent : lorsque Wagner lui dédicace son premier exemplaire de « Tristan », Berlioz ouvre à peine la partition et se replonge dans *les Troyens.*

En fait, Berlioz et Wagner ont été, et restent, placés en position de concurrence. La presse, le public, les amis plus ou moins bien intentionnés, friands de parallèles et de rivalités spectaculaires, ont accentué cette concurrence. Tout le monde ne peut avoir la grandeur d'âme de Liszt, qui fit tant pour les rapprocher.

En 1859, à Paris, Berlioz veut représenter ses *Troyens* et Wagner veut placer « Tristan et Iseut ». Un seul théâtre possible : l'Opéra. C'est leur propre ressemblance qui va les opposer. Le directeur de l'Opéra ne peut se permettre de monter deux œuvres de novateurs qui soulèveront le scandale, ou tomberont dans l'indifférence, et dans les deux cas lui feront perdre de l'argent. Meyerbeer, qui a étudié le marché de la musique, en a tiré depuis longtemps quant à lui les conséquences, et il sait que l'essentiel reste à faire lorsque l'œuvre est écrite. Wagner ni Berlioz ne sont des fournisseurs de théâtre. Il faut les prendre tels quels, encom-

Vom Kriegsschauplatze in Bayreuth.

Die Gäste, die im Hauptquartiere Richard Wagner's eintreffen, finden den Meister kampfbereit. Auch sein Unternehmen ist ein Feldzug, indem er die entscheidende Hauptschlacht gegen seine Feinde führt, und dadurch die Aufmerksamkeit Europa's selbst von Türken und Serben abzieht. Batterien von mörderischen Blasinstrumenten erwarten sie heranrücken, um sie mit einem sprühenden Notenregen zu empfangen, Salamander und anderes wunderliches Gethier singt ihnen entgegen. Noch ein Blick auf Colima, ein Wink des Meisters und es kann losgehen Rigaletunza!

Le champ de bataille de Wagner (caricature autrichienne de Karl Klic)

brants et incommodes, peu soucieux de donner au public ce qui plaît. Donc, ce sera l'un ou l'autre.

Wagner l'emporte pour « Tristan ». Berlioz fait un gros effort d'objectivité, mais il écrit du prélude : *Je n'ai pas la moindre idée de ce que l'auteur a voulu faire.* « Tannhaüser » est encore donné avant *les Troyens*, mais c'est un fiasco complet. Voilà un pas de gagné dans la file d'attente pour l'Opéra, et Berlioz se réjouit. Le tragique est qu'il se trompe, car l'échec de « Tannhaüser » est aussi le sien.

LE « TANNHÆUSER » DEMANDANT A VOIR SON PETIT FRÈRE.

La surémotivité de Berlioz est évidente. Ses moindres exclamations remuent le cosmos : *Sang et larmes ! feux et tonnerre ! mort et furie ! enfer et damnation ! terre et ciel !...* S'il lit les partitions de Gluck, *elles lui font perdre le sommeil, oublier le boire et le manger... il en délire.* S'il apprend qu'on va jouer « Iphigénie en Tauride », (ses) *genoux commencent à trembler,* (ses) *dents à claquer,* (il peut) *à peine se soutenir,* (il est) *saisi d'une sorte de vertige.* Pour Shakespeare, (il) *respire à peine,* (il) *souffre comme si une main de fer* (lui) *étreint le cœur.*

Nous sommes tentés de sourire devant ce style qui porte évidemment la marque de son époque. En 1830, les succès étaient « furieux ou effroyables », les exécutions « foudroyantes » les œuvres « annihilantes, pyramidales, transcendantales, babyloniennes, ninivites », etc. On les écoutait en déchirant des mouchoirs entre ses dents.

Remarquons d'abord que l'inflation verbale est de toutes les époques et que ce serait un jeu de la débusquer de nos jours jusque dans le style administratif. Ce qui est révélateur dans les écrits de Berlioz, c'est l'excès habituel dans l'expression et la recherche des termes les plus forts ou de termes nouveaux pour remplacer ceux que l'usage a pu banaliser. La sensibilité romantique s'accorde parfaitement à la sienne. Ce langage percutant, avec son abus d'épithètes et de mots rares, restera le sien à une époque où il sera passé de mode, c'est-à-dire après 1848.

Berlioz est un excellent écrivain d'humeur. Son style est vif, spirituel, facilement mordant dans ses feuilletons. Cette vivacité, cette mobilité, qui animent si heureusement son style, se retrouvent dans son allure. Pendant la rédaction de ses *Mémoires*, il apprend le suicide misérable de De Pons, qui avait aidé ses débuts : *Oh ! il faut que je sorte, que je marche, que je crie au grand air.* En 1830, une véritable fureur ambulatoire le précipite hors de chez lui, il bat le pavé et la campagne jusqu'à ce que la fatigue l'abatte.

Comment douter de la violence et de la profondeur des ébranlements qu'il subit lorsqu'on lit cette auto-observation de l'ancien étudiant en médecine : *Mes forces vitales semblent d'abord doublées ; je sens un plaisir délicieux où le raisonnement n'entre pour rien ; l'habitude de l'analyse vient ensuite d'elle-même faire naître l'admiration ; l'émotion, croissant en raison directe de l'énergie ou de la grandeur des idées de l'auteur, produit bientôt une agitation étrange dans la circulation du sang, mes artères battent avec violence ; les larmes qui, d'ordinaire, annoncent la fin du paroxysme, n'en indiquent souvent qu'un état progressif, qui doit être de beaucoup dépassé. En ce cas, ce sont des contractures spasmodiques des muscles, un tremblement de tous les membres, un engourdissement total des pieds et des mains, une paralysie partielle des nerfs de la vision et de l'audition ; je n'y vois plus, j'entends à peine ; vertige... demi-évanouissement...*

L'émotivité est habituellement canalisée et utilisée par l'activité. Ce qui passe dans ses écrits correspond à des périodes de chute de tension, à des retombées, d'où leur tonalité souvent pessimiste. Dans une étude qui repose forcément sur l'examen de lettres et de livres, on est tenté de leur accorder une importance excessive, en perdant de vue les périodes confiantes ou joyeuses qui se manifestent par des actes, à jamais disparus, ou une impression de bonheur qu'un passionné ne pensera guère à noter dans un journal intime.

Lorsque, pour une raison quelconque, l'émotivité reste inutilisée, elle fermente et se corrompt. Il se regarde vivre, c'est « le mal de l'isolement », c'est l'absence, c'est le spleen. *Même à l'état calme, je sens toujours un peu d'isolement les dimanches d'été, parce que nos villes sont inactives ces jours-là, parce que chacun sort, va à la campagne, parce qu'on est joyeux au loin, parce qu'on est absent.* Rimbaud dira plus brièvement : « Nous ne sommes pas au monde, la vraie vie est absente. »

Malgré un fond de mélancolie et une certaine instabilité qui l'apparente aux nerveux, Berlioz réagit bien comme un passionné. Le spleen ne dure pas. *L'ennui porte conseil*, constate-t-il drôlement, et il fut un grand actif dans le domaine privilégié de ses préoccupations esthétiques. Il a raison de dire *que sa vie fut laborieuse et agitée*. Dès sa vingtième année, il est aux prises avec *les nombreuses difficultés que présente* la carrière de compositeur, quand il veut organiser lui-même l'exécution de ses œuvres. La création musicale n'est jamais ressentie comme une contrainte ou une obligation. *La composition musicale est pour moi une fonction naturelle, un bonheur ; écrire de la prose est un travail.*

Lorsque l'œuvre est écrite, il faut la jouer. S'il n'a pas d'argent pour employer des copistes de profession, comme pour sa fameuse Messe de Saint-Roch en 1825, il passe trois mois *à extraire les parties, à les doubler, à les tripler, quadrupler, etc.* Les bons chefs d'orchestre sont rares : il dirige lui-même, bien qu'il soit loin de posséder *les mille qualités... qui constituent le talent du vrai chef... Qu'il m'a fallu de temps, d'exercice et de réflexion pour en acquérir quelques-unes !...*

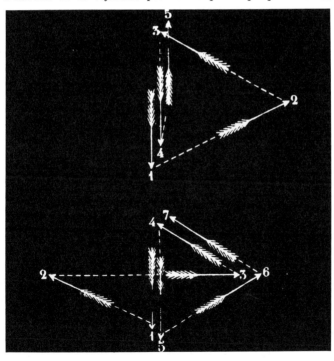

« *Extrait du traité d'instrumentation et d'orchestration* »
de Berlioz (mesures à cinq et sept temps)

Écrite et jouée, sa musique doit être maintenant connue. Il faut donc qu'on en parle. Berlioz arrive surtout à faire parler de lui, car il était sans doute plus facile de s'amuser de ce personnage, parfois extravagant, que de comprendre sa musique. Il en parlera donc lui-même : *Fatalité ! je deviens critique.* Fatalité qu'il aide de toutes ses forces. Il lui faut *une place armée* pour tailler en pièces les tenants de la mauvaise musique et rendre hommage à la bonne, dont la sienne.

L'énumération des entreprises dans lesquelles il se lancera serait forcément incomplète et fastidieuse. Il court les ministères, il sollicite pour lui et pour Harriet. Il écrit à ses protecteurs. Il obtient la salle du Conservatoire contre Cherubini. Il demande un poste de professeur d'harmonie. Il met sur pied le projet « Berlioz et Cie » pour prendre la direction du théâtre des Italiens. Il obtient la sinécure de conservateur-adjoint de la bibliothèque du Conservatoire. En 1841, il fait le siège du pupitre d'Habeneck et devient l'éminence grise de l'Opéra. Il ne sollicite pas moins de trois postes de chef d'orchestre (sans succès, il est vrai) et celui d'inspecteur de chant dans les écoles primaires.

Pour forcer les portes de l'Institut, il est bien décidé à se présenter aussi souvent qu'il le faudra, aussi souvent par exemple qu'Eugène Delacroix, qui, moins heureux que lui, ne sera élu qu'à sa septième candidature en 1857. Élu, il postulera pour le titre de secrétaire perpétuel de l'Académie des Beaux-Arts, laissé vacant par la mort d'Halévy, pour celui de surintendant de la Chapelle impériale, dont il décrit déjà l'organisation.

La plupart de ses démarches échouent. Il en fait trop, il inquiète, il irrite, suscite les jalousies et provoque les concurrences. Qu'importe... Les projets se bousculent dans sa tête et il persévère.

Faut-il rappeler les festivals (il a créé la chose et lancé le mot), le cirque Franconi, la Philharmonique de Paris, la New Philharmonic de Londres ?

Voici une profession de foi où éclate son goût de l'action et de la lutte : *Marchez toujours et moquez-vous des petits obstacles comme des petits hommes, comme des petits sentiments, comme de toutes les petitesses du monde. Ce qui est fait est fait, et c'est là le difficile : faire quelque chose.* Et il a cette phrase admirable, qui pourrait être aussi bien d'un grand savant, d'un homme d'État ou d'un philosophe : *Je me décourage le soir, mais je reviens à la charge le matin, aux heures de la jeunesse du jour.*

La vivacité de ses réactions ne doit pas faire illusion sur leur retentissement. Berlioz est un véritable secondaire, chez qui les actes et les événements laissent une empreinte durable. Ce retentissement se révèle surtout par sa manière de se situer dans le temps : jusqu'aux ultimes épreuves, il est plutôt tourné vers l'avenir. L'impossibilité de former de nouveaux projets sera sa véritable mort.

Si les souvenirs remontent en lui, il ne se borne pas à les savourer, il les écrit, les arrange. Il entreprend parfois, contre toute sagesse, de leur insuffler une vie nouvelle.

D'un autre côté, la persistance dans son œuvre de certains thèmes musicaux est remarquable. A douze ans et demi, il écrit un quintette dont une phrase plaît à son père. *Il est singulier qu'en écrivant beaucoup plus tard à Paris sa première composition d'orchestre, la phrase approuvée par mon père dans le second de ces essais, me soit revenue en tête et se soit fait adopter.* La marche au supplice de la *Fantastique* est empruntée intégralement aux *Francs-Juges*.

La *Marche hongroise*, applaudie au concert, est intégrée dans *la Damnation*. Il suffira d'envoyer Faust en Hongrie, ce qui ne saurait étonner personne. Or, on peut faire à Berlioz le crédit d'une invention musicale assez riche pour qu'il n'en soit pas réduit à racler ses fonds de tiroir. L'idée qui s'impose à lui est seule jugée adéquate, et, comme il dit fort justement, « sait » *se faire adopter.*

Le procédé du rappel de thème « idée fixe », dont Berlioz fut un des créateurs, n'est-il pas la traduction musicale de la persistance des impressions dans la conscience ? Procédé de secondaire qui devait parfaitement convenir à Wagner, cet autre passionné tourmenté, qui va, lui, le systématiser.

Secondaire, Berlioz se méfie de l'émotion quand il s'agit

des mises en œuvre. Il déteste l'emploi systématique d'un procédé, comme des formules toutes faites trouvées sous les doigts qui improvisent, au point de ne pas regretter son ignorance du piano : *La pratique de cet instrument m'a manqué souvent ; elle me serait utile en mainte circonstance, mais je considère l'effrayante quantité de platitudes dont il facilite journellement l'émission...*

Il n'écrit jamais sous l'impression de l'instant, et si cela lui arrive, il le note, tellement la chose lui paraît exceptionnelle : *Je pris la plume et j'écrivis tout d'un trait la musique de ce déchirant adieu. C'est la seule fois qu'il me soit arrivé de pouvoir peindre un sentiment pareil en étant encore sous son influence active et immédiate.*

Ce romantique échevelé perd rarement sa lucidité. Il n'hésite jamais à détruire ce qui ne mérite pas de subsister – à ses yeux –, car il n'accueille guère les conseils, même les plus amicaux. Il jette sur son œuvre *un froid coup d'œil d'inquisiteur* et brûle la pièce condamnée.

L'effet conjugué de l'activité et de la secondarité font que chez Berlioz, à partir d'un moment déterminé, qui correspond à un choix, sa vie prend une orientation donnée. La découverte des grands maîtres est pour lui, au sens propre, une révélation. Sa propre vocation lui apparaît avec certitude. On songe aux conversions de passionnés célèbres, qui entrent incroyants (pensent-ils) dans une église et en ressortent illuminés par la foi. Car chez le passionné, toute foi s'organise. Il y a chez Berlioz un propagandiste ardent par la baguette et la plume. Dès qu'il a acquis la sûre conviction qu'il n'est pas fait pour la médecine, il en tire toutes les conséquences.

Il est habité de quelques « idées forces », simples et puissantes, qui organiseront et orienteront toutes ses actions : conquérir Paris, faire connaître la bonne musique, écrire une grande œuvre, *acharnée à reproduire le sens intime de son sujet, c'est-à-dire donnant dans un même mouvement la perception de la beauté formelle et l'élan de l'esprit sensible et créateur.*

Nul doute que la musique n'ait été pour lui la valeur suprême, celle qui peut surmonter les conflits en englobant les visées les plus hautes de l'âme : *Laquelle des deux puissances peut élever l'homme aux plus sublimes hauteurs, l'amour ou la musique ?... C'est un grand problème. Pourtant, il me semble qu'on devrait dire ceci : l'amour ne peut pas donner une idée de la musique ; la musique peut en donner une de l'amour... Pourquoi séparer l'un de l'autre ? Ce sont les deux ailes de l'âme.*

Malgré les attitudes dramatiques, le style excessif, la désinvolture à l'égard des faits, il existe chez Berlioz une profonde sincérité. Cette sincérité n'est que l'expression de sa fidélité à lui-même. Il ne s'est jamais soumis ni renié et, lorsque la lutte est devenue impossible, il a préféré renoncer. FIDÉLITÉ À SOI-MÊME

Cette loyauté et cette noblesse d'âme, qui s'imposait même à ses ennemis, ne résultait pas nécessairement de son caractère, et le mérite doit lui en être accordé, si l'on veut se hasarder à porter un jugement de valeur.

Le passionné est, avec le flegmatique, le caractère qui met au maximum en concordance ses actions et ses paroles. La véracité de Berlioz n'est altérée que lorsqu'elle cède à la violence de l'émotivité. On retrouve chez lui le « mensonge d'embellissement », familier aux nerveux (Le Senne). Il lui arrive de déformer la vérité pour produire plus d'effet, mais cette altération est le principe même de l'art. Il doit exister un certain nombre d'arrangements dans les *Mémoires*, dont il néglige de nous avertir par note. On peut recommander au lecteur sportif le récit d'une course-poursuite sur six lieues avec deux officiers suédois, parmi les chiens furieux et les porcs épouvantés des villages qu'il traverse sur une jambe, car une douleur au genou l'oblige à *laisser pendre et* traîner la droite en sautant sur la gauche... C'était diabolique mais je tins bon. J'aurais mérité de mourir en arrivant d'une rupture du cœur. Il n'en résulta rien. Il faut croire que j'ai le cœur dur. Il faut croire aussi que La Côte Saint-André n'est pas très loin de Marseille.

Quant aux libertés qu'il prend avec les faits, il nous en avise une fois pour toutes : Je n'ai pas la moindre velléité... d'écrire des confessions. Je ne dirai que ce qu'il me plaira de dire. Et il supprime la relation de deux années de sa vie en ménageant une transition qui dissimule la coupure.

Les autres mensonges sont du type « mensonge d'entraîne-ment » ou « mensonge de gouvernement ». Dans sa jeunesse, Berlioz se laisse emporter par son propre enthousiasme. Il écrit à son père : Impression foudroyante : au moment du Jugement dernier, l'épouvante produite par les cinq orchestres et les huit paires de timbales accompagnant le « Tuba Mirum » ne peut se peindre ; une des choristes a pris une attaque de nerfs. Il ne s'agit pas de mensonge de vanité. Il s'agit de dégeler le bloc d'indifférence familiale, de prouver qu'il a eu raison de choisir cette voie, de lui faire partager sa foi en son avenir.

Les articles de journaux qu'il inspire aux amis s'efforcent de créer l'enthousiasme et l'amour du beau dans ce public qui en manque si cruellement. Il faut donner confiance aux troupes : le succès est certain, la victoire est pour demain. Pour lancer Benvenuto, c'est un tel battage que « le Chari-vari » dénonce le « Puff musical », s'indigne : « On use et on abuse de la publicité. »

Les communiqués qu'il envoie de l'étranger aux journaux amis doivent maintenir le moral de ses fidèles, lorsqu'il est loin de ce Paris ingrat et si vite oublieux.

Succès ébouriffant : on fait ici jusqu'à des pâtés qui portent mon nom. Et l'affaire du bâton ! Tu peux écrire une réclame où tu parleras de Vienne.

On me traite ici en fétiche, en lama, en manitou... C'est de l'adoration... Vois s'il y a un moyen d'infliger quelques mots à un grand journal.

4. Berlioz profitant de son bâton électrique pour diriger un orchestre qui aura ses exécutans dans toutes les régions du globe.

M. Berlioz donnant prochainement un concert européen en battant la mesure avec un poteau du télégraphe électrique.

Mais son propre encens ne lui monte pas à la tête : *J'ai peur que le public parisien ne commence à en avoir assez de mes bulletins de la Grande Armée.* Il en usera cependant jusqu'à ses derniers jours. En 1866, *malade à mort*, il écrit encore de ces bulletins de victoire : *On m'a rappelé hier plus de dix fois... applaudissements interminables... succès à en perdre la tête... c'est le plus grand succès de ma vie.*

Berlioz semble chercher surtout à briser un isolement qui l'étouffe. Il faut qu'il fasse partager ses joies, ses peines, il faut surtout qu'il se fasse entendre. Mais il ne cherche jamais à tromper, et il se présente toujours à visage découvert. On trouve même dans son comportement un fond de fraîcheur et de naïveté qui est aux antipodes de la duplicité.

Totalement désintéressé, il n'a jamais aimé que des femmes sans fortune (sachant bien qu'une famille bourgeoise y verra une tare, puisqu'il croit bon, incidemment, de parler à son père de Camille Moke comme de la *fille d'un riche Espagnol*).

Il est incapable d'écrire une ligne de musique pour plaire au public, restant en cela le Jeune-France superbe qui lançait à un amateur prudent : *Je veux que la musique me donne la fièvre, me crispe les nerfs. Pensez-vous, Monsieur, que j'écoute de la musique pour mon plaisir ?*

En 1834, pendant la grossesse d'Harriet, il essaie cependant de donner quelques romances faciles à des hebdomadaires, sans pouvoir trouver le style banal qui conviendrait. Adam, Offenbach, et surtout Meyerbeer, sont à l'affût de ce qu'attend le public et ils le lui donnent. Ils sont heureux et riches, ils apprivoisent l'argent, que Berlioz met en déroute. Berlioz ne veut de l'argent que pour être libre : *Avec les millions, toute difficulté disparaît, toute intelligence obscure s'illumine, on fait rentrer sous terre les remords et les taupes, le bloc de marbre devient Dieu, le public devient homme... Sans millions nous restons, après trente ans d'efforts, Gros-Jean comme devant.*

Berlioz se rend bien compte que l'argent se refuse à celui qui ne le prend pas assez au sérieux : *L'amour de l'argent ne s'est, en aucune circonstance, allié à cet amour de l'art ; j'ai toujours, au contraire, été prêt à faire toutes sortes de sacrifices pour courir à la recherche du beau, ou me garantir du contact des mesquines platitudes couronnées par la popularité. On m'offrirait cent mille francs pour signer certaines œuvres dont le succès est immense, que je refuserais avec colère. Je suis ainsi fait...*

Berlioz croit au sérieux de la vie : *Il nous manque le sérieux, la gravité, la sérénité... Il nous manque les qualités qui rendent l'adolescent supérieur à l'enfant, l'homme au jeune homme... Il nous manque le mépris des petites passions, des petites idées, des petites choses. Il nous manque d'examiner au lieu d'entrevoir, d'écouter au lieu d'entendre, de penser avant de parler ; il nous manque le dédain des railleries et des misérables succès qu'elles obtiennent ; il nous manque de croire et de croire fermement que l'esprit qui crée est supérieur à celui qui détruit.*

QUAND TOUT MANQUE À LA FOIS *Je suis dans ma soixante et unième année ; je n'ai plus ni espoirs, ni illusions, ni vastes pensées ; mon fils est presque toujours loin de moi ; je suis seul ; mon mépris pour l'imbécillité et l'improbité des hommes, ma haine pour leur atroce férocité est à son comble ; et, à toute heure, je dis à la Mort : Quand tu voudras ; qu'attend-elle donc ?* Il meurt dans une indifférence amère, aussi éloignée de la sérénité que de la révolte.

De quoi se plaignait-il? N'avait-il pas eu une place et un rang? N'avait-il pas, comme on dit, « réussi »?

Dans sa jeunesse et son âge mûr, il avait eu des appuis politiques. Ce n'est qu'après 1848, à l'écroulement de la royauté, et alors qu'il était déjà célèbre, que les pouvoirs publics cessèrent de lui être favorables. Il eut de nombreux amis qui lui furent fidèles et qui l'aidèrent de leur influence, de leur affection et souvent de leur argent. Parmi eux : Joseph d'Ortigue, Legouvé, Jules Janin, Gautier, Reyer, Liszt, Hiller, Auguste Morel, les Massart, les Damke, et beaucoup d'autres. Sa belle-mère le soigna maternellement. Il le reconnaît : *Si j'ai rencontré bien des gredins et bien des drôles dans ma vie, j'ai été singulièrement favorisé en sens contraire et peu d'artistes ont trouvé autant que moi de bons cœurs et de généreux dévouements.*

Il eut des places et des décorations : la Légion d'honneur à trente-six ans, l'Institut à cinquante-trois, la rosette à soixante-deux. Ses campagnes dans toute l'Europe lui valurent des plaques et des cordons : l'Aigle blanc, l'Aigle rouge, l'ordre de la Maison Ernestine à Weimar, des couronnes, des breloques et des médailles.

En somme, une « belle carrière ». Seulement, on ne jouait nulle part la musique de Berlioz. Il avait la gloire sans avoir jamais eu le succès. Wagner ne s'y était pas trompé : « On a forcé Berlioz à être et à rester une exception bien tranchée à la grande, à l'éternelle règle, et c'est cela qu'il est et qu'il reste aussi bien au fond qu'en apparence. Celui qui veut entendre de la musique de Berlioz est obligé de se déranger tout exprès et d'aller à lui, sans quoi il n'en trouverait nulle part la moindre trace... On entend de la musique de Berlioz uniquement dans un ou deux concerts qu'il organise lui-même. Quant à l'entendre ailleurs, il y faut renoncer, à moins que ce ne soit dans la rue ou à l'église, où le gouvernement l'appelle de temps en temps à une action politico-musicale. Cet isolement est avant tout le principe de son évolution intellectuelle... Il ne voit personne devant lui sur qui s'étayer, à ses côtés personne sur qui s'appuyer... »

Sur la fin de sa vie, Berlioz jette derrière lui un regard si longtemps tourné vers l'avenir. Le sentiment de l'inutilité de son long effort, de la vanité de toutes choses, s'impose à lui. Le monde est absurde, l'amour et l'art seuls peuvent tenter d'y mettre un ordre. S'ils échouent, *que faire ? espérer ? désespérer ? se résigner ? dormir ? mourir ? Inévitables idées, roulis, tangage du cœur.*

L'actif lucide qui s'interroge sur le bien-fondé de l'action a peu de chances de trouver une réponse encourageante. L'action trouve sa justification en elle-même et rarement dans ses fins. Tant que Berlioz a la force d'agir, il le fait : *Je rumine, je me ramasse comme font les chats quand ils veulent faire un bond désespéré. Vient le moment où la force fait défaut, le moment de l'à quoi bon ?*

Il n'eut pas non plus de convictions religieuses. La piété de sa mère l'avait guéri de toute tentation de ce côté. La hantise de la mort, qui fut très vive chez lui, ne s'accompagna d'aucun espoir dans un autre monde et dans une vie meilleure. Aucun prêtre ne fut appelé à son chevet.

Le passionné, plus que tout autre, voit dans la musique un art de communion. L'exécution fait accéder l'œuvre à l'existence dans la conscience d'autrui. Ne pas être joué et ne pas exister, c'est tout un. Son œuvre sera-t-elle appelée à l'existence après lui ? Il a toutes raisons d'en douter.

Pour lui qui fut toujours avide et pressé, ce qui paraît avoir compté autant que l'œuvre, c'est la joie de la créer et de la faire connaître. Ce n'est plus possible. Désormais, il doute moins de son génie que de la nécessité de son art. Il se tourne vers d'autres réalités. Au printemps 1868, il entreprend une course pathétique jusqu'à Nice, pour retrouver la mer, les pinèdes et les fleurs qu'il a connues dans sa jeunesse, lorsqu'il avait décidé de vivre, pendant les vingt jours les plus heureux de sa vie. Il court chercher « une vérité qui est celle du soleil et sera aussi celle de sa mort » (Albert Camus, « Noces »).

A partir de cette époque, l'esprit paraît l'avoir abandonné. Berlioz n'est plus qu'une apparence. Il se survit, ne demande rien, ne dit rien.

Nice en 1868 (photographie d'époque)

56.
Rêverie
N° 1
Largo
Flûtes
oboï
Clarinettes en B
Cors en mi b
Cors en ut
Bassons
Vons
Altos
Violoncelli
C. Bassi
Largo
con sordini
con sordini
con sordini
con sordini
pizz
pizz
arco

Les œuvres

vant d'aborder l'œuvre de Berlioz, une question se pose à propos de l'opinion fort répandue qui, dans la musique, veut séparer deux aspects : la musique pure et la musique dite « à programme ». Il est bon d'admettre, pour plus de clarté, une séparation bien définie entre deux mondes musicaux : celui libre de toute connivence avec le réel familier, l'autre réaliste entraînant dans son flot des textes justificatifs, des images et tout un résidu terre à terre. La musique aurait ainsi deux styles : l'un, « symphoniste », né de la muse libre, l'autre, théâtral, né de la muse potinière. En réalité, la musique est toujours guidée par un besoin d'application.

Dans la musique symphonique, le besoin d'application se trouve singulièrement caché parce qu'il amène secrètement tout un côté métaphysique, forçant l'auditeur à lire entre les lignes de la structure au pur objet. Et si des compositeurs viennent à mépriser la musique à action théâtrale ou « à programme », c'est qu'ils sont séduits par le miroir des grandes formes jusqu'à le laisser fonctionner, hors conscience, de lui-même. De toute façon, le bon diable de public croira bien relever là quelques miettes métaphysiques bienfaisantes, alors que la génération suivante n'y retrouvera que les grelots sonores d'une marotte. Quand Stravinsky déclare que la musique ne peut rien exprimer, il prend en

Deuxième page autographe de la Symphonie fantastique

même temps une précaution pour lui et certaines de ses œuvres, car si on pouvait toujours faire abstraction du côté psychologique de la musique – cette magie du sonore – et ne considérer que son architecture, l'exercice ne serait qu'un artisanat badin, un jeu laborieux et gratuit pour faire « passer » le temps aux figures sonores. Ce désir du pur ouvrage de musique n'empêchera pas la conscience – à moins qu'elle ne s'assoupisse – de s'apercevoir tôt ou tard qu'il s'est tout à coup glissé dans l'activité compositionnelle autre chose que le déroulement des structures. Il faudrait alors nier l'existence du rêve, cet infatigable messager ! Machault, Rameau, Mozart, Berg, Webern, et bien sûr Bach, pour citer les auteurs qui nous viennent à l'esprit, ont bien prouvé que toute idée de musique pure est doublée d'une application psychologique. Si cela n'était pas, on pourrait facilement refaire leur canevas pour décalquer et révéler par là le mystère. En fait, c'est bien là la leçon de l'histoire des formes musicales pures. On sait qu'elles proviennent d'un écart, d'un recul conscient par rapport à leur fonction d'origine, et que, devenu musique pure, le réel écarté revient comme un boomerang par une autre porte : celle qui donne à songer. C'est, pour rappeler un exemple précis, le processus constaté pour la sonate, la symphonie. Au début : chansons, puis le saut hors fonction par la « canzone da sonare », et voilà la symphonie enfin vierge de toute intention, qui ramène bien vite avec elle le « nectar délicieux » d'une pensée sonore ivre d'elle-même.

Cette escalade des formes dites classiques, reprise à chaque génération nouvelle, s'est illustrée très explicitement au XIXe siècle dans la perspective poétique attachée à l'élaboration d'un plan musical. Chaque musicien, à son tour, va le saisir, l'adapter, le travailler dans des fonctions plus ou moins réalistes. Aux thèmes vont s'attacher une idée, aux modulations un éclairage, aux reprises des sortes de pèlerinage, des bégaiements, des doutes métaphysiques, à l'agogique un dynamisme faisant apparaître encore plus manifestement le dualisme du subjectif et de l'objectif.

Lorsque Berlioz imagine telle thématique impliquant telle

forme d'exposition, c'est au caractère plastique qu'il s'adresse, à l'élan ou la quiétude qu'il est capable d'évoquer. Quand vient l'heure des différents dialogues, du développement proprement dit, partant de conceptions avant tout expressives, la forme générale n'est plus qu'une transparence placée à l'arrière-plan. Est-elle négligée ? Non, car elle va s'instruire à nouveau sur ce qu'elle a construit. L'effort de vision globale d'une forme avec ses différents plans en trompe-l'œil – trompe-l'ouïe –, si typique du génie berliozien, permet un dossier neuf bien souvent pris sur un modèle antérieur. Cela fait qu'on pourra très souvent superposer le plan d'une ouverture, d'un mouvement symphonique au cadre classique : même articulation générale sous une autre identité. Il n'y a pas de développement dans la forme, mais enveloppement, par périodes successives qui peuvent l'étendre jusqu'aux limites plus vastes de tout un grandiose épisode. Relier ces épisodes ? La question ne se pose pas puisqu'ils révèlent déjà un univers indépendant. Si, d'aventure, la question se posait, un symbole musical, sorte de maître-son ou « idée fixe », va conjuguer l'ensemble sans cependant l'astreindre à jouer constamment le rôle de chien de berger comme, plus tard, son cousin vigilant, le leitmotiv.

Ces deux procédés, aussi vénérables que l'écriture musicale, mis en fonction par Berlioz et Wagner de façon très consciente dans le jeu des associations et des correspondances, apportent l'un et l'autre un splendide moyen d'expression musicale qui permettra, au-delà même de l'énoncé thématique classique, de concilier l'unité poétique et la variété musicale. Unité poétique saisie avec quelque chose de sonnant, variété musicale à la guise du souffle poétique sans plus d'égards pour l'architectonique immuable des différentes sections traitées l'une après l'autre par numéro.

De là à penser qu'on pourra renoncer à la construction musicale ? Nouvelle erreur ! Berlioz, comme Liszt et Wagner, a montré que le fait d'habiter poétiquement la terre musicale ne le dispensait pas de la travailler ni de spéculer sur les grandes formes. Il ne s'agit plus de décalquer sourdement un autre programme sur la réalité des formes acquises :

exposition thématique portant les reliefs du drame, dépeçages divers dans l'arène du développement, réexposition des personnages premiers et ratissages cadentiels. La forme poétique qui déroule l'histoire nouvelle d'un thème-climat, thème-personnage, thème-idée, demande une nouvelle architecture et doit, pour être musique à son tour, être dépoétisée.

Qu'espérer de ces nouvelles aventures ? Bach, Mozart, Beethoven appliquent à la musique dramatique la technique de leur musique symphonique. Il n'y a pas de différence, la musique passe toujours au plan premier. Rameau et, par la suite, Gluck estiment que la musique doit seconder la poésie dans l'expression des sentiments et la peinture des sentiments. Dans ces démarches, la forme pure ne change pas, mais doit révéler avec justesse, sauvegardant les procédés formels, les vrais accents lyriques.

La démarche de Berlioz est tout autre, et c'est à elle que vont s'attacher la plupart des critiques. Berlioz s'adresse directement à la poésie musicale. Pour lui, il n'y a pas à distinguer : d'un côté poésie, exprimée par le verbe, et de l'autre musique, subordonnée à l'art de combiner des sons d'une façon agréable. Il est cet autre « Tondichter », campé par Beethoven, dont le langage est sans limites. Mais laissons la parole à Berlioz qui écrit à propos de la musique symphonique : *Pour quelques artistes qui voudraient augmenter la puissance de leur art, combien ne voit-on pas de gens qui la méconnaissent ou cherchent à la restreindre... « Il ne faut pas, disent-ils, vouloir aller au-delà des bornes évidemment imposées à l'art par sa nature. » – Ce qui signifie : « Vous ne devez point tenir compte d'un ordre d'idées et de sensations que l'infériorité de notre organisation nous rend inaccessible. – La musique n'exprime rien par elle-même, et la richesse de coloris dont vous la dotez si généreusement, ne prend quelque apparence de réalité que grâce aux paroles ou à la pantomime des chanteurs. – Traduisez : « Nous ne savons pas distinguer une musique expressive de celle qui ne l'est pas... »*

Dans la nouvelle démarche poétique qui met la forme à l'épreuve et force d'inventer chaque fois l'assise adéquate, le lyrisme doit laisser place à l'acharnement laborieux.

Berlioz le sait et l'accepte, non sans douleur. Il connaît la solitude à laquelle ce travail l'astreint, comme, très près de lui, Wagner et tous ceux qui ont accepté la liberté. Les musiciens qui s'imaginent faire de la musique pure, puisque tel veut être leur style, forgent au départ une logique d'écriture à l'image d'un matériel, considéré dans des rapports mécaniques restreints à la volonté de ne choisir que ceux-là. L'attitude lyrique, par une activité inverse, s'attache à reconstruire un matériel considéré dans tout l'ensemble possible de la donnée sonore à l'image nouvelle du plan imaginé. Cette différence est sensible seulement au niveau de la démarche compositionnelle, de l'activité technique, car l'une et l'autre permettent de prendre effectivement des mesures en face d'un même matériel, l'une pour le hiérarchiser, l'autre pour le re-hiérarchiser. Ou bien le matériel sonore est un objet en soi sur lequel va pouvoir s'exercer l'activité compositionnelle pure, qui lui attribue au départ ses relations par voies hiérarchiques privilégiées et immuables, ou bien cette même matière sonore est un sujet logique et de relation indéfinissable jusqu'à l'attribution précise, fixée à partir de telle intention poétique et idéaliste.

Cette poétique musicale astreint toujours le compositeur à transcender la matière sonore et à la replacer, la reconvertir dans telle forme, dont la structure générale, dépouillée du contenu, est toujours décelable à l'analyse, et dont les termes appartiennent au vocabulaire technique, aussi valable pour la musique dite « pure » que pour la musique lyrique. Que ces termes semblent peu adéquats, et qu'ils conduisent par de nouvelles correspondances à des techniques extérieures, c'est là le point de vue de l'esthéticien, du poète ou de l'homme de lettres. Le compositeur, lui, saisit sa poésie. Il sait bien de quoi il parle en faisant correspondre l'élan psychologique aux rythmes abstraits élaborés, l'arabesque mélodique à tel état d'âme, et l'harmonie à telle densité. Pour lui, il n'y a pas d'autre expression que l'expression musicale même. C'est pourquoi, au seuil de cette présentation des œuvres de Berlioz, nous éviterons le plus possible les commentaires explicatifs. Rien ne saurait remplacer l'écoute de cette musique.

CONCERT A MITRAILLE,

Charge de Granville

Heureusement la salle est solide, elle résiste.

> « Un orchestre n'a jamais été pour moi qu'un rassem-
> blement malentendu, bizarre, de bois contournés,
> plus ou moins garnis de boyaux tordus, de têtes plus
> ou moins jeunes, poudrées ou à la Titus, surmontées
> de manches de basse, ou barricadées de lunettes, ou
> adaptées à des cercles de cuivres, ou attachées à des
> tonneaux improprement nommés grosses caisses. »
> (BALZAC, *Correspondance*, III, p. 292.)

Les ouvertures

a série des sept ouvertures (huit si l'on compte celle
de *Rob-Roy* – brûlée – *Elle m'a paru mauvaise après exécution*,
retrouvée et publiée, pieuse intention!) donne les différentes
étapes de l'évolution du style de Berlioz. La première date
des années 1826-28, la dernière de 1862. Leur analyse montre
clairement comment la pensée berliozienne, passée du style
classique d'outre-Rhin, apporté par Reicha, aux ouvrages
symphoniques avec commentaires à la Lesueur, revient à
un autre classicisme : le Berlioz des dernières années.

Écrite entre 1826 et 1828, alors que Berlioz est inscrit **Waverley**
au Conservatoire dans les classes de Reicha et de Lesueur. **op. 1**
Malgré le titre évocateur, cette ouverture est tout à fait
dans la manière des ouvertures classiques de la fin du
XVIIe siècle. Elle est intéressante à cet égard, et tout à fait
comparable aux huit ouvertures de Reicha et particulièrement à celle en do majeur op. 24, en deux parties enchaînées :
adagio au caractère méditatif suivi d'un allegro aux thèmes
bien carrés, joyeux, traité suivant les règles du plan de l'allegro
de sonate. Elle fut jouée le 27 mai 1824 aux concerts de la
Société des enfants d'Apollon à Paris, et Berlioz a dû l'entendre. C'est une ouverture viennoise, traitée symphoniquement, tout à fait différente des ouvertures parisiennes des

maîtres à la mode, Boieldieu, Auber, et surtout Spontini dont l'ouverture de « la Vestale » (1807), basée sur le procédé du pot-pourri, était considérée comme le chef-d'œuvre du genre.

Dans l'ouverture de *Waverley*, Berlioz s'est astreint, parallèlement à ses projets de messe, de cantate et d'opéra, discutés avec Lesueur, à une discipline pour laquelle il se montre à la fois subtil et bon élève. Il refuse la facilité, le vide-poche thématique plaisant exploité avec bonheur autour de lui. Reicha a montré à sa classe le style des symphonistes de Mannheim et de Vienne, en même temps que celui de la fugue. Il semblerait que Berlioz ait voulu, pour une première fois, s'essayer au style symphonique par le biais d'une ouverture classique à prétextes poétiques et, pour cela, qu'il ait studieusement démarqué – c'est la seule façon d'apprendre – le plan de l'ouverture op. 24 en do majeur de son maître, entendue au concert. Il y a similitude dans la construction, qui se détourne des longues incidentes chères à Lesueur, et une fixation volontaire dans la concision des périodes. Il y a similitude dans le traitement de l'orchestre qui se limite aux reliefs bien tranchés, grâce aux plans orchestraux – souci de Reicha – fixés tour à tour par le quintette à cordes, la petite harmonie et les cuivres, traités chacun avec une égale importance. C'est du Berlioz avant le Berlioz visionnaire et romantique dont il ne prévoyait pas encore l'éclat, malgré la découverte des trois auteurs anglais à la mode : Thomas Moore, Byron et Walter Scott.

Pendant que Chateaubriand enflamme la jeunesse intellectuelle, que le tout jeune Hugo déclare dans le numéro de « la Muse française » de mai 1824 que le poète puise désormais son génie « tout simplement dans son âme et dans son cœur », Berlioz apprend son métier intelligemment et sérieusement, et soigne l'extérieur pour la galerie.

Le sujet de l'ouverture, tiré du dernier roman de Walter Scott, sur les aventures du capitaine Waverley, est annoncé par deux vers cités en épigraphe : « Dreams of love and Lady's charms / Give place to honour and to arms. » Les rêves d'amour (un larghetto) s'effacent devant la gloire des armes (un allegro). L'ouvrage est dédié à son oncle, le colonel Marmion. Malgré le thème populaire écossais et les belles fanfares du finale, le programme, ici bien libre, pourrait convenablement coiffer bon nombre d'ouvertures symphoniques ; car il obéit au plan vénérable inventé par Lulli et qui, passé de façons diverses sous les plumes de Rameau, Bach, Gluck et les Viennois, est revenu finalement à Paris grâce à Reicha.

L'étude de cette ouverture montrerait comment Berlioz envisage le plan tripartite du mouvement de sonate qui, ici, n'est pas un exercice de style. Sachant sauvegarder l'esprit du procédé, il se permet, surtout dans les réexpositions, outre les retours familiers, toutes sortes de variantes, de parenthèses et de commentaires qui viennent fondre les trois étapes distinctes : exposition, développement, réexposition, en un grand tout organisé. Tous les musiciens ont recherché cette souplesse par différents chemins. Berlioz ne connaît pas encore Beethoven, encore moins Schubert. Il connaît cependant le savoir profond de Reicha, esprit positif, éloigné de tout dogmatisme, mais plus porté à la spéculation qu'à la poésie qui va lui apparaître avec la révélation de Shakespeare et de l'immense Beethoven.

Il s'agissait là, primitivement, d'une ouverture destinée à introduire un drame que, dès 1825, Berlioz élaborait avec son ami Humbert Ferrand. Si la mise au point définitive n'a jamais eu lieu, Berlioz a toutefois repris les épisodes qui lui semblaient bons, et jeté le reste. *les Francs-Juges op. 3*

L'histoire importe peu aujourd'hui et n'empêche pas d'écouter en toute intelligence cette magnifique pièce symphonique, de même que nous vibrons à l'audition de l'ouverture d' « Egmont » ou de « Fidélio » – que Berlioz ignorait encore – sans rechercher l'anecdote qu'elles contiennent implicitement. L'argument ici est sensiblement du même ordre : persécuté par le chef des Francs-Juges, cruel et sadique, le prince Lénor est finalement délivré grâce à l'amour fidèle de la tendre et courageuse Amélie. Cette fable, débarrassée de la petite histoire, évoque l'éternelle révolte contre l'injustice, la lutte contre les bourreaux, la délivrance des victimes, la joie de la paix retrouvée. Celui qui sait entendre cette ouverture ressent, depuis la première mesure jusqu'à la conclusion, un grand mouvement symphonique qui va de l'emprisonnement moral le plus étouffant jusqu'à la libération finale dans la radieuse lumière du bonheur enfin retrouvé. Œuvre forte et vraie, toute empreinte d'un juvénile idéal, comme le chante le deuxième thème de l'allegro, écrit vers l'âge de quinze ans et extrait d'un quintette. Sur le plan de la construction, un chef-d'œuvre d'unité et de liberté. Berlioz a compris l'accent poétique ardent, débarrassé des trucs de métier, qu'a apporté tout à coup la musique dramatique de Weber, encore mal entrevue cependant lors des premières représentations du « Freischütz-Robin des Bois », en décembre 1824.

Weber, avant Beethoven, va faire découvrir au jeune Berlioz sa vraie nature. Lesueur, dans ses leçons de composition, lui vante la grandeur du classicisme (entendez par ce mot, les héros grecs, romains, les grands tribuns, la république des Arts, l'accent sublime d'une tragédie lyrique, la musique de maîtres comme Gluck ou Méhul...), mais, peu à peu, Berlioz se détourne de ses premières amours teintées d'archaïsme académique. Il recherche désormais l'expression directe donnant la sensation interne du vécu, aussi bien dans le merveilleux que dans le macabre ou le « féroce ».

Pour celui qu'intéresseraient la correspondance des thèmes de l'ouverture et des personnages du drame, le développement de l'action à travers le discours musical, voici quelques indications : exil du prince Lénor, motif initial, souvenir de tendresse lointaine, p. 2, mes. 5 ; « Terrible puissance » des Francs-Juges, p. 3, mes. 5 (le fameux unisson de trombones et d'ophicléides), doux échos d'Amélie, féminité bénie et salvatrice, tierce mineure isolée aux hautbois, p. 5, mes. 6, forment l'essentiel de l'introduction lente. Rages impuissantes de la victime, thème A, p. 10 ; pensées d'espoir et de délivrance, thème B, p. 15 ; cruauté des persécuteurs, p. 24, motif de l'introduction, toujours à l'unisson des cuivres (timbre idée) ; appels lointains de l'armée libératrice conduite par Amélie, amorcés p. 14, mes. 3. Les thèmes entrecroisés de lutte et de délivrance forment l'agencement de la réexposition géniale. Elle est éloignée de tout repiquage mesquin du thème B, p. 45, de plus en plus radieux, planant au-dessus de la défaite de l'oppresseur qui disparaît comme un mauvais rêve. Toute l'action donne prétextes à l'exposition, au développement et à la réexposition de cet allegro dont la rhétorique est totalement différente des rantanplans de la sonate de fonctionnaire. Après Berlioz, seuls Moussorgsky et Debussy, ces deux grands maîtres de la forme, sauront refuser avec clairvoyance cette ordonnance analogue au style de discours de distributions des prix!

Plan général : L'introduction lente et l'allegro sont reliés entre eux par des rappels de contours motiviques sans aucun esprit systématique.

I. *Adagio* en trois sections : (a, b, c,) (d, e, e,) (f, a) (p. 1 à 9).
 a) Fa mineur motif x sur cinq notes descendantes et ascendantes aux violons p. exprimés deux fois, antécédent et conséquent (3 + 3 mes.).
 b) Même rythmique et même profil sur trois notes (6 + 2 mes. cresc. f.).
 c) Variante rythmique même profil orienté vers ré bémol p. (6 mes. p. 2 et 3).
 d) Fameux épisode « de tous les instruments de cuivres réunis en octave ff. » (4 + 4 mes., ré bémol).
 e) Motif y, demi-tons ascendants et descendants, traits en croches : motif z (mes. 3 et 4) et lourde cadence parfaite en ré bémol (8 mes., p. 4 et 5). Brève parenthèse : motif p saut de tierce mineur aux hautbois (p. 5, mes. 6), reprise de e (p. 6) avec motif z aux cordes.
 f) Enchaînement d'accords de septième de dominante et de septième d'espèce fortissimo, variant motif x, récapitulation des cellules y et p orientés vers le Ve degré, rappel rythmique initial (9 mes.).
 g) Pédale de dominante, rappel motif x (4 mes.). Cadence rompue, motif x et accord de dominante.

II. *Allegro* : Exposition relativement courte par rapport au développement presque double et à la réexposition presque triple.

Exposition en deux parties (p. 10 à 20, mes. 1) : A + A, fa min. ; pont et coda ; B + $\frac{A}{B}$, la bémol maj. ; pont et coda, sol maj.

Développement en trois parties (p. 20 à 37) : A et C, do min. ; C et rythme ; B, mi bémol ; A, do min., la bémol, si bémol, do maj.

Réexposition très développée en trois parties (p. 37 à 67).

A fa min. discret et commentaire motif Y.

B fa maj. très discret et par apparitions successives.

1° Coda sur motif s. 2° Coda sur motif x Réb. 3° Coda rappel des blocs-accords (p. 7, mes. 3) fa maj. groupe de cadences.

Réussite formelle dans les proportions, les contrastes et les mélanges des différentes sections. Tout circule depuis le motif X, exprimé au départ, jusque dans l'élaboration et les correspondances des divers thèmes A, B et C. Élaboration rythmique, application d'une harmonie de timbre par blocs sonores indépendants, élaboration mélodique élémentaire à base d'intervalles privilégiés (la tierce, la seconde, le demi-ton). La clarté de toutes ces ordonnances est parfaite. Le commentaire que nous avons fait ne peut être lu sans danger que par celui qui est déjà familier avec l'œuvre en question. Berlioz échafaude autour de la structure sonate. Aucun discours autre qu'une analyse serrée ne pouvait mieux montrer la méthode. Il ne faudrait cependant pas prendre ici l'échafaudage pour l'œuvre. Allons à l'ouverture suivante qui va nous montrer d'autres reliefs, dont les assises sortent d'un même canevas.

le Roi Lear op. 4 Dans cette ouverture, Berlioz, comme le roi Lear, va faire corps avec la fureur même. « Soufflez, vents, à vous crever les joues ! Ragez ! Soufflez ! Trombes et cataractes, jaillissez jusqu'à tremper nos clochers, jusqu'à noyer leurs coqs ! Flammes de soufre, promptes comme l'idée, avant-courrière de la foudre qui fend les chênes, venez roussir ma tête blanche ! Et toi, tonnerre qui tout ébranles, aplatis cette épaisse rotondité du monde, brise les moules de la nature, disperse d'un coup les germes qui font les hommes ingrats ! » (« Le Roi Lear », III, 2, 1-10, traduction J. Paris, « Shakespeare », éd. du Seuil.)

(Le calme de la mer.)

Le cadre de la sonate est saisi dans l'éclair du dialogue entre thèse et antithèse. Le vieux roi dépossédé et la douce Cordélia : deux thèmes, frénésie et abattement, s'interrogent, se débattent et disparaissent comme des fantômes dans le désespoir : « the dusty answer ». Pour créer le climat d'une telle entreprise, Berlioz va calquer le développement musical sur l'expression dramatique shakespearienne, de sorte que cette troisième ouverture est une poésie symphonique.

La construction va s'appuyer sur un mode de structure très simple, saisi à mi-chemin entre l'esprit de la répétition, celui des cycles (rondo) et de la variation, dans laquelle thème et variations, exposition et développement, introduction et allegro sont englobés.

L'exposition apporte une thématique qui se façonne comme par élans successifs, par bourgeonnements qui éclatent par à-coups. Le développement va mêler allusions thématiques suivies de commentaires. Est-ce le drame de Shakespeare qui coïncide avec le découpage des sections, où thèmes et développements sont comme dérivés les uns des autres ? Inversement, est-ce la structure sonate, synthèse apportée aux formes plus anciennes faites d'apparition et de disparition d'un « même » et d'un « autre », d'effacement au profit d'un « ailleurs » nouveau, que Berlioz retrouve à partir du choc éprouvé par une reconnaissance de l'univers shakespearien ? Ces deux questions sont liées. Non seulement, comme nous l'exprimions plus haut, les sentiments humains font corps avec la fureur de la nature, mais l'expression fait corps avec la structure dont voici le plan schématique :

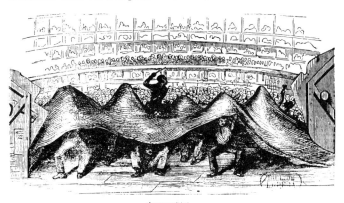

(La mer agitée.)

Andante (p. 1 à 17) : A, B, A.

THÈME A : LE ROI LEAR ET SON UNIVERS.
   a) 4 mes. + 4 mes. (2 + 2) (2 + 2), écho 1 mes. (9 mes., la min.).
   a) Reprise à l'octave (9 mes., la min.).
   a′) Dérivé de a (5 mes., ré min.).
   a″) Dérivé de a (4 mes., do maj.).
   a′) Reprise à l'octave (5 mes., ré min.).
   a″) Reprise à l'octave (4 mes., do maj.).

THÈME B : CORDÉLIA ET SON UNIVERS.
   b) Hautbois solo accompagné par les cordes (9 mes., do maj.).
   b′) Petite harmonie incipit a′ (9 mes., do maj. min.).
   b″) Grande harmonie (11 mes., mi bémol maj. do min.).

THÈME A.
   a) Réexposition p. 1 avec adjonction d'accords (2 + 2 mes.) (8 mes., la min.)
   a′) Réexposition (4 mes., ré min.).
   a″) Réexposition (4 mes., sol V° degré).
   a″) Réexposition, 3ᵉ et 4ᵉ mes. + 2 mes. coda (4 mes., do maj.).

Allegro (p. 17 à 83) : Dérivations et commentaires de l'introduction.
   Exp. A, B. ; réexp. A¹ ; réexp. A² ; réexp. a. AB ; vraie réexp. ton princ.
   trois codas, cadence.

Développements qui donnent (p. 17 à 24) : Exposition A et B.

A¹. Incipit dérivé de a 3ᵉ et 4ᵉ mes., 8ᵉ mes. coda sur motif x (8 mes., do maj.).
    Amplification de A (12 mes., ré min.).
    Coda motif x amplifié (9 mes., sol V° degré).

A². Incipit dérivé de a 1ᵉ et 2ᵉ mes., motif rythmique : 3 + 4 + 2 + 2 + 1
    (12 mes., la min., do maj.).
    Coda : motif rythmique (14 mes., mi min.).
    Pont : échange ré, la sixte augmentée mi bém., do dièse (9 mes.).

(p. 25 à 30) : Système 1.

B. Phase tripartite dont le thème est bâti sur une cellule de un demi-ton
   et une quinte descendante dans les 4 positions. Ce thème est nouveau.
   L'instrument, le hautbois, confère l'unité avec le b de l'introduction.
   Tonalité de si mineur et sol majeur.

B¹. 1°) 8 + 2 mes. une phrase complète hautbois (10 mes., si min. sol maj.).
    2°) 8 + 2 mes. en trois membres (10 mes.).
    3°) coda 4 + 3 + 4 mes. (11 mes.).

B² 1°) 8 mes.
   2°) 8 mes.
   3°) 8 mes. (24 mes.).

B¹ 1°) 8 + 2 mes. reprise aux violons.
   2°) 8 mes. avec coda en sol maj (18 mes.).

Série de divertissements et de réexpositions (p. 30 à 82, mes. 2) :

1. Commentaire divertissement A. Échange des tonalités do et sol en marches symétriques (p. 30).

   Parenthèse B (p. 33, mes. 3, 4, 5).
   Suite du commentaire A.

   Divertissement B (p. 34, mes. 6 jusqu'à la p. 36, mes. 3).
   Reprise A, citation de A¹ et motif x en progression aux cordes varié rythmiquement (p. 36 à 39, mes. 1).

2. Réexposition variée A¹ de la p. 17 (p. 39 au ton principal do maj. jusqu'à la p. 43, mes. 2).
   Réexposition variée A² de la p. 19 (p. 43, mes. 3) et marches orientées vers ré maj., min., fa maj., do maj. (jusqu'à la p. 45, mes. 4).
   Réexposition a) p. 1 amplifié ré min., fa maj. (p. 45 suite).
       a') p. 3 amplifié sol min. (p. 48, mes. 2).
       a'') p. 3 2ᵉ système amplifié fa maj. ré min. (p. 49, mes. 4).
       a') p. 4 amplifié sol min. (p. 51, mes. 2).
       a'') p. 4 2ᵉ système (p. 52, mes. 5).
   Pont (p. 54) sur saut de quinte exprimée par les vents en écho à la p. 2, mes. 3 et 4, et p. 4, mes. 1. Ce saut de quinte est synonyme, à la conclusion de A et à l'incipit de B, pédale de sol dominante du ton principal do maj.

3. Réexposition A² des p. 19 et 43 (p. 55) varié ton principal do maj. (fausse vraie réexposition).
   Amorce B (p. 57 et 58) mi min. orienté vers do.
   Réexposition B de la p. 25 (p. 59, mes. 7), de la p. 26 (p. 60), de la p. 27 (p. 61), de la p. 28 (p. 62), de la p. 29 (p. 63, 2ᵉ système).
   Conclusion par reprise de B¹ en la min. et fa maj. orienté à la cadence vers do maj. ton principal (p. 65, mes. 1 et 2).

4. Développement de A p. 17 en do maj. partagé aux violons, accompagnement rythmique ternaire et binaire, trait chromatique, relais sur la min. et aboutissement rompu à si.

5. Réexposition a, p. 1, ton initial mi Vᵉ degré, la min. (p. 69, 70).
   Parenthèse demi-ton et quinte cellule de B¹ p. 25 à tout l'orchestre et souligné aux violons et aux alti : descendant (p. 71), ascendant (p. 72) et osmose de B dans A aux cuivres.
   Coda amorce A p. 17 (p. 75) sol maj. ré min. (p. 76).

6. Vraie réexposition incipit de A au ton principal par entrées, marches et commentaires (p. 76, mes. 5 à 78) auxquels s'ajoute incipit de B (le seul demi-ton) aux vents.
   Trois coda : 1ᵉ de A et de B à la p. 24 ; 2ᵉ de B¹ et B² aux p. 26 et 27 (le demi-ton) ; 3ᵉ de B à la p. 29, 2ᵉ système mes. 6 repris (p. 81) groupe de cadences (p. 82 mes. 3) accord final do maj.

Cette forme, issue de la structure sonate, n'implique plus ici l'élision d'un thème en faveur de l'autre, mais au contraire, par toute l'élaboration des différents développements, les thèmes tendent à s'unir et à coexister jusqu'à la conclusion. Autre remarque à propos des échanges de tonalité faisant crédit à l'appel quasi réflexe à une dominante, au Ve degré : Berlioz cherche ailleurs un voisinage qui ne s'inscrit pas toujours dans les relations dites « de ton voisin », considérées également par lui comme déjà implicites à un ton exprimé. Il s'octroie donc le droit à des changements de tonalité continuels dans la ligne mélodique. C'est le charme étrange des thèmes B.

le Corsaire op. 21   Berlioz, ici, ne prétend nullement à la métaphysique. Il a mis le cap sur la lumière, tout à la joie de vivre et de gambader en zigzag. *Le Corsaire* fut projeté dès 1831, à la Villa Médicis, quand notre jeune lauréat se rafraîchissait dans les confessionnaux de Saint-Pierre-de-Rome en lisant son cher Byron. Mais est-ce bien du « Corsaire » de Byron qu'il s'agit, ou de celui de Fenimore Cooper ? Qu'importe, car, dans cette ouverture, il serait vain de chercher des correspondances. Le corsaire est de toute façon Berlioz lui-même, ragaillardi par le séjour à Nice après les allées et venues cruelles, les déboires sentimentaux. A nous d'être empoignés, emportés par cette œuvre toute piaffante d'humeur et dénuée de mélancolie, malgré la tendre évocation de douces tristesses à l'adagio sostenuto (B). Tout va être irrésistiblement lancé au soleil marin dans cet ouvrage qui a porté successivement les titres d'*Ouverture de la Tour de Nice*, du *Corsaire rouge* (« The Red Rover » de Cooper), et enfin *Ouverture du Corsaire*, revue et publiée plus tard en 1855.

Elle apporte une conception neuve à la formule classique : introduction et allegro, que nous avions rencontrée jusqu'ici. Deux thèmes (B : adagio ; A : vif), précédés ou suivis d'un coup de chapeau comique (C) exécuté aux cordes dès le début, vont apparaître différemment exposés, et donner matière à une grande farandole tour à tour baignée d'éclats de cuivres, de rires des bois et d'entrain aux cordes.

Comment concilier un plan d'allegro de sonate avec cette parabole décrite par des itérations que rien ne sait freiner, pas même le thème B mélancolique? Le schéma suivant montrerait la malicieuse structure en colimaçon, en jeu de l'oie, de cette ouverture, signalant au passage les différentes cases dont il ne reste plus trace à l'audition.

(p. 1) C, B, C, A^1, A^2, A^3, A^4, B, A^5, Bx, By, Bz, Bk, Bx, C (amorce).
(p. 31) C div. A, pont, A, div. Bx, By (p. 27 à la p. 43). Incipit A (p. 44) fantastique, A.
Reprise A (p. 35 à la p. 49).
Réexposition A complet (p. 54, 55), marche, coda, reprise C, cadence finale.

Elle ne fait pas honte, je crois à celle des Francs-Juges *et
du* Roi Lear, déclare Berlioz à son ami Ferrand en septembre
1838, à propos de cette nouvelle ouverture précédant son
opéra. Musique turbulente, musclée, dont les irrésistibles
élans sont parés d'une instrumentation somptueuse.

Elle est justement célèbre et nous n'aurons pas à nous
attarder à la décrire, si ce n'est pour dégager rapidement la
forme qui toujours chez Berlioz apporte quelque friande
surprise.

L'énoncé schématique de cette partition montre encore
une nouvelle façon d'envisager les ensembles, exposition-
développement-réexposition, qui forment le principe struc-
turel attaché à la musique classique et romantique. Si Berlioz reste fidèle à la vieille formule, quels saisissements
subtils dans le détail de la construction où tout vient s'inter-
pénétrer.

Les événements A sont farcis par la parenthèse B. Cette
parenthèse est elle-même farcie d'amorces de B.

Les événements B ne sont pas exprimés isolément, mais
sont accompagnés de présences A, prises sous divers profils,
et principalement l'accent rythmique. La tonalité générale
de sol majeur est assez souple pour ne garder que quatre
points d'orientation fixes, qui sont de part et d'autre de sol :
ré, do, si, mi bémol.

Allegro (mes. 1 à 22) : Amorce A idée principale, sol maj. Trois personnages
rythmiques : trochée, péon 4, amphibraque, allant au Ve degré.

Larghetto (mes. 23 à 88) : Parenthèse P^1 pizz. sol-si (mes. 23), p′ trait chromatique (mes. 28), amorce P^2 et amorce B (mes. 155) ; P^2 (mes. 33) ré.
Div. P^1 avec amorce p′ (mes. 64, 66) ; mes. 84 orienté sur ré V^e degré
de sol ton principal.

Allegro

Contre-exposition variée et 1re div. A (mes. 89 à 110) sol, accompagnement rythmique amphibraque, transition rappel p′ varié (mes. 105).

2° div. sur A′ orné et rythme iambique (inversion du trochée) de 8 en 8
mes. plus 4 mes. (mes. 110 à 134).

3° div. sur l'accompagnement rythmique A, iambes par augmentation,
accent ternaire sur mesure binaire modulant (mes. 134 à 146).

Pont rythmique sur trochée et péon 4 des mes. 14 et 15 (mes. 146 à 153).
Pause.

Exposition et div. B (mes. 155 à 198), ré amorcé par rappel p' (mes. 155-158).

Donnée totale de B (mes. 159) à la petite harmonie, accompagnement rythmique péon 4 aux cordes. Contre-exposition B aux cordes (mes. 178) et amplification.

Élaboration (mes. 199 à 222), incipit $\frac{A}{A}$ (4 mes.), $\frac{A'}{A}$ (4 mes.), $\frac{A}{A'}$ (4 mes.).

$\frac{A'}{A}$ plus (2 mes.), A (2 mes.), A. (4 mes.), A et superposition rythmique : amphibraque aux cordes et cors, iambe aux trombones, grande agogique.

Pont orienté vers sol min. (mes. 123-127).

Retours variés au ton principal de B (20 mes.), hautbois solo (mes. 228 à 248). Contre-réexposition amplifiée aux cordes par accompagnement rythmique, trochée superposé au péon 4 (mes. 252), suivi des amphibraques (mes. 266 à 273).

Retours variés de A' (mes. 110 à 273) ; rythme trochaïque accentué par la brève très courte (mes. 273 à 284).

Pont : amorce de la vraie réexposition de A par p' ascendant en valeurs longues (mes. 285) et de son complément rythmique (5 croches) déjà exprimé, aux mes. 67, 68, etc., 78, etc. (mes. 285 à 302).

Vraie réexposition A de la mes. 1 (mes. 303), orientée vers mi bémol V^e degré de la bémol (mes. 303 à 320).

1re coda sur incipit A' (mes. 320 à 354). Marches sur rythmes péon 1 renversement de péon 4 aux trombones (mes. 226) et iambes aux trompettes et aux cors.

2e coda sur P¹ aux cuivres en apothéose, accompagnement incipit A et div. rythmique sur les iambes (mes. 354 à 407). Silence.

Réexposition P¹ (mes. 410). Cadence. Fin (mes. 420).

Pour faire entendre au concert ce qui avait été refusé à l'Opéra, Berlioz a composé en 1844 une seconde ouverture, dite « caractéristique », à son opéra *Benvenuto Cellini*. Il reprendra presque textuellement le duo du premier acte entre Cellini et Térésa et le grand chœur du Carnaval. Il est amusant de comparer les deux versions. Celles vocales : *O Térésa, vous que j'aime plus que ma vie*, qui donne matière à l'andante sostenuto, et *Venez, venez, peuple de Rome... ah ! sonnez trompettes...* qui forme l'allegro vivace. Cette ouverture eut immédiatement un très franc succès, et fut bissée lors de sa première audition en 1844. C'est l'une des plus populaires de l'œuvre de Berlioz. La forme montre encore

Carnaval romain op. 9

87

une nouvelle façon de construire tout en partant de l'architecture tripartite : a, exposition, b, développement, a, réexposition. Berlioz va réduire et combiner la suite a-b-a, dans
une succession serrée, ce qui l'amènera à des reprises variées
ou canoniques. En voici le schéma général :

Allegro.
Expo. A^1 (20 mes.) le ton principal orienté au Ve degré.

Andante.
Expo. B, phase lied tripartite.
Pont (3 mes.), trait brillant ramenant le tempo 1 et le rythme de saltarelle
« italienne ».

Allegro.
Expo. A^2, en trois paliers symétriques (p. 12, mes. 2) de 8 en 8 mes. la
maj. piano.
Expo. A^3, court motif en sonnerie en cinq paliers symétriques (p. 15, 2^e
syst., mes. 5) de 5 en 5 mes. la maj. pianissimo.
Série de réexpositions variées ou canoniques des ensembles précédents.

1° *Réexpo.* A^1 en cinq paliers en la maj. (p. 18, mes. 2) de 8 en 8 mes.
tranchées par un accord massif ff mi, mi, si. Le 5e palier amplifié de
16 mesures accord pianissimo sur mi.
Réexpo. A^2 en deux paliers de 8 en 8 mes. (p. 25 à 27, mes. 4).
Réexpo. A^3 (p. 27, mes. 4) en sept paliers de 5 mesures allant stretto
et crescendo.

2° *Réexpo.* A^1 toujours de 8 en 8 mesures en cinq paliers, les 4 premiers
sont la réexposition rigoureuse de la p. 18 à la 1re réexpo. de A^1, le
5e amplifié de 17 mes. (p. 35, mes. 7 à p. 39, mes. 4) avec pédale supé-
rieure de dominante au violon (mi).
Pont. 2/4 (p. 39 mes. 5) aménageant une pédale de tonique et la réexposition aux bassons du thème B (p. 41, 2e syst., mes. 6).
Réexpo. B, aux bassons puis aux trombones (p. 42, mes. 3). La pédale
de tonique amorce rythmiquement A^3 aux cordes. Divertissement de
$\dfrac{B}{A^3}$ (jusqu'à la p. 47).

3° *Réexpo.* A^1 en stretto (p. 48) aux cordes et à la petite harmonie. Divertissement de $\dfrac{B}{A^1}$ toujours aux trombones (jusqu'à la p. 50, mes. 7).

2° *Réexpo.* A^3 et reprise de l'échange cordes et petite harmonie de la p. 27
(p. 50, mes. 7 à la p. 54, mes. 6).

4° *Réexpo.* A^1 (p. 55) qui se révèle désormais comme le refrain principal
de ces successions de reprise. Coda (p. 56, mes. 5). Cadence (p. 59,
mes. 1) et fin éclatant fortissimo.

Berlioz, par ce stratagème de reprises, réalise une forme générale apparentée à
l'esprit cyclique du rondo, dans lequel les ensembles A et B se mêlent, se juxtaposent,
se succèdent sans solution de continuité.

Cette constatation, faite sur le plan formel, nous amène à admirer, non seulement le génie de l'orchestration de cette ouverture que nous avons passé sous silence, mais aussi bien l'originalité de sa grande forme. A vrai dire, matière sonore et forme sonore sont deux éléments complémentaires...

Aux approches de la soixantaine, Berlioz s'occupe d'opéra-comique et de musique bouffonne. Pour ouvrir une comédie de Shakespeare, *Beaucoup de bruit pour rien*, il va écrire un dernier et prestigieux scherzo, forme dont il a su chaque fois admirablement tirer parti. Il suffit d'évoquer *la Damnation de Faust* et *Roméo et Juliette*. **Béatrix et Bénédict**

Dans l'ouverture de *Béatrix et Bénédict*, dont l'opéra projeté dès 1833 sera repris et achevé en février 1862, verve et humour, légèreté et poésie vont tous ensemble. Les thèmes sont d'une très grande qualité, qu'ils soient pour piquer (thème A de l'allegretto scherzando) ou pour attendrir (thème B à la clarinette de l'andante un poco sostenuto). Le plan général de cette ouverture rappelle, tout en conservant le schéma de l'allegro de sonate, les particularités que nous avions remarquées dans les deux ouvertures précédentes : allegro apéritif d'une thématique A, andante pour une thématique B, allegro définitif se ressaisissant de A et de B, avec des prolongements, des détours inattendus qui écartent toute cuistrerie de forme.

Si, comme nous l'avions observé déjà, la mélodie, l'accord, chez Berlioz, naît de ce qui d'abord résonne, et non de quelconques constellations de points noirs, la forme et la construction s'établissent autour d'un être musical vivant et organique, avec ses hauts et ses bas, ses temps morts et ses résurrections. Si les ouvertures de Berlioz ne cadrent pas exactement avec les normes classiques, il a été bien hasardeux d'en conclure que Berlioz ne sait pas composer. L'étude des quatre symphonies va nous prouver encore davantage qu'il a manifestement possédé à un degré rare le génie de la forme (pour la musique de concert – je ne parle pas ici de ses opéras), sans se référer à un donné académique ou antiacadémique.

Les quatre symphonies

Débarrassons-nous de ces images toutes faites des traités de forme pour aborder le monde merveilleux des quatre symphonies. Chassons même toute idée préconçue de symphonie, pour retrouver là, enfin, cette *Symphonie fantastique*, *Roméo et Juliette*, *Harold en Italie* et la *Symphonie funèbre et triomphale* [1]. Chacune d'elles apporte un modèle inimitable, modèle nécessairement chaque fois remis en question et renouvelé. Le seul point commun : le moi immense de Berlioz. Chez lui, c'est la notion même du moi qui va changer. Même les premiers romantiques allemands, comme Weber, Beethoven et Schubert, n'ont, dès le début de leur carrière, présidé aussi isolément à leur formation. Berlioz, a composé seul avant d'aller à l'école. Il s'est donc vu obligé de redeviner ce que pourrait être, à travers quelques morceaux choisis des « classiques favoris » d'alors, l'élaboration musicale. A Paris, il prend conscience de sa personnalité devant l'irréductible opposition entre ce qu'il s'était de mieux en mieux imaginé par la lecture des partitions (de Gluck, de Beethoven) et la réalité de ce qu'on enseignait et de ce qui était de bon ton. Berlioz refuse les manuels et préfère se référer directement à la musique qu'il aime et à l'analyse sur partition. On appelle cela, péjorativement, « être auto-didacte ». Ces lectures lui apporteront une leçon de liberté et non de musicologie... *L'étude des procédés des trois maîtres modernes : Beethoven, Weber et Spontini, l'examen impartial des coutumes de l'instrumentation, celui des formes et des combinaisons non usitées, la fréquentation des virtuoses, les essais que je les ai amenés à faire sur leurs divers instruments, et un peu d'instinct ont fait le reste.* Il n'y a pas d'autres chemins pour un compositeur. Berlioz nous a encore laissé des méditations sur les symphonies de Beethoven mais, bien que le lien entre Beethoven et Berlioz ait été dénoncé si théâtralement par Paganini, il n'y a aucun épigonisme chez ce dernier dans sa façon d'entrevoir et d'élaborer la forme symphonique. Il suffit d'écouter ces deux mêmes tableaux : la scène au bord du ruisseau de la sixième symphonie (dite « la Pastorale ») de Beethoven et la scène aux champs de la première symphonie de Berlioz. Schumann, qui a rapproché ces deux tableaux musicaux, estime que la maîtrise de Berlioz fait songer à celle de Beethoven. Il faut voir là surtout l'admiration de Schumann pour Berlioz, car, à mon avis, ces deux méditations à la campagne, aussi géniales l'une que l'autre, sont presque opposées dans le climat qu'elles évoquent. Beethoven construit la sienne. Le concert fraternel qui englobe toute la nature émane de lui. Beethoven chante parce qu'il parvient à se supporter. Il se supporte parce qu'enfin il tente d'aimer ce qui l'environne. Berlioz, lui, s'y annihile ; tantôt il chante, tantôt il écoute, et dans ce va-et-vient il se retrouve.

Cependant, aujourd'hui, à contempler tout ce que Berlioz a réussi à tirer de formes sévères, on ne s'émerveillera jamais assez de ces chemins vivement contrastés tantôt par la turbulence (l'orgie de brigands de la deuxième symphonie), la grandeur sépulcrale (l'oraison funèbre de la quatrième symphonie), le réalisme de la mort (Roméo au tombeau des Capulets), au Nº 6 de la troisième symphonie, l'élaboration de véritables « personnages rythmiques » dans le finale de la première symphonie, jusqu'à ces moments sublimes rattrapant les plus profondes images du souvenir, ces *paradis artificiels* retrouvés de l'enfance, si difficiles à communiquer et à faire transparaître dans la candeur sans équivoque :

l'image musicale transparente d'Estelle qui ouvre la première symphonie. La *Fantastique* commence par la tendresse exquise. C'est encore la monumentale stèle contrapuntique qui vient ouvrir, comme un espace de temps détaché, la deuxième symphonie d'*Harold en Italie*. Et quelle admirable pudeur de l'être solitaire à l'écart, au soir d'une fête joyeuse, hanté par un seul visage, un seul nom, dans le deuxième mouvement de la troisième symphonie, Roméo seul. Effusion ineffable que l'on ne peut pas confondre avec celle de la musique romantique allemande, même dans sa volupté la plus intense chez Wagner.

L'effusion lyrique, chez Wagner, ne dépasse jamais le secret de la conscience qui l'éprouve. Ce moi, terre inviolée et toujours en réserve, l'oblige à tenir hors de toute figuration anecdotique telle relation intime avec l'extérieur. Il s'exprime à travers des pantins d'ombre grandissante qu'il va rendre vraisemblable. Miracle de sa musique, par laquelle il parvient à recréer un système d'échanges et d'équivalences symboliques, qui justifient l'élan profond de son discours. Et nous assistons en définitive, même au spectacle, au déroulement d'une musique pure, écran magique qui rend supportable toute une « quincaille » scénique, une fable instaurée en rituel invitant au mystère et écartant le badaud profane. Wagner enfouit et cache son moi à travers la musique, Berlioz l'y installe, le montre tout entier et parfois même sans mesure, jusqu'à l'exhibition (voir Lélio!). Il ne fait pas de dissociation entre ce qu'il ressent physiquement et ce qu'il élabore mentalement. Il n'y a plus dualité entre le moi et la matière sonore : un moi pur et une réalité musicale pure. Berlioz illustre de façon explicite ce que déclarera Rimbaud plus tard : « Car Je est un autre. »

Le mouvement musical n'est que la résultante de ces palpitations : l'existence du moi inséparable de l'autre. Ainsi le musicien fait corps, oreilles toutes larges ouvertes, avec le réel qui, à son tour, devient une émanation d'une spiritualité sonore écartant toute convention de style ou de méthode. Il faut s'obliger, malgré tout, à de perpétuelles innovations.

Avec Berlioz, le schéma compositionnel qu'apporte la structure symphonique va perdre une partie de sa rigueur conventionnelle. C'était la route offerte déjà par Beethoven dans ses dernières sonates et ses derniers quatuors. Contrairement au procédé cher à la grave école des symphonistes français du XIXᵉ siècle, qui gardera vis-à-vis de la symphonie classique la recette omnibus en gonflant ici et là l'orchestre et les développements, on va assister chez Berlioz, dès la première symphonie, à un renouveau total : la finalité des thèmes n'est plus obligatoirement astreinte à un seul développement découpé par la section des mouvements. Le thème lui-même ne laisse rien présager de ce qu'il adviendra de lui. Jaillissant perpétuellement du cœur de quelque « idée fixe », il n'aura d'autre raison de subsister et de croître que celle d'obéir à une « histoire d'impulsion ». Là, rien n'oblige de commencer par le thème principal, comme au théâtre, le héros n'apparaît jamais à la première scène. Rien n'oblige encore d'établir l'exposition qui attend forcément l'immédiat du développement, comme on apporte une pelote qu'il faut à l'instant dévider. Par une mise en scène secrète, Berlioz place des personnages et des lieux pour un temps d'action : action sonore. Berlioz « voit » la musique. Il est hanté par le sonore à travers tout ce qu'il vit. Cette étrange façon d'être en perpétuelle dépendance d'associations musicales, ne l'a pas dispensé pour autant de se soumettre à l'intentionnel.

Malgré l'aura poétique dont il entoure ses travaux – Berlioz répugne à parler de ses problèmes techniques et ne « reçoit pas à la cuisine » –, il doit tout de même arranger ses mirages à la rigueur des concepts sonores. Composer, pour lui, c'est mettre en page : collages, surimpressions, parenthèses, tropes. Cette méthode lui permet de réaffirmer et de sauvegarder dans ses prévisions l'intensité des émotions premières qui ont amorcé le mouvement, et qu'il veut réassembler.

Symphonie fantastique op. 14 Berlioz s'est expliqué très précisément sur le « plan du drame instrumental » de cette première symphonie, dans un « Programme » paru dans « le Figaro » du 21 mai 1829, dix jours avant la date prévue pour la première exécution de l'œuvre. Le concert dut être remis et n'eut lieu finalement que le 5 décembre, sous le bâton de Habeneck. Succès considérable. La partition avait été corrigée et augmentée d'un mélologue en six parties : *Lélio ou le retour à la vie*, avec un nouveau programme. C'est ce dernier qui figure sur toutes les partitions. Aujourd'hui, la réalisation sonore prime l'histoire bien fanée. Le réel de l'œuvre est dans la symphonie poétique que dégagent les cinq parties d'une vaste chronique écrite par un jeune homme de vingt-sept ans, encore étudiant au Conservatoire.

Ire partie : Rêveries et Passions. Un largo introductif situe le climat des rêveries. Il s'enchaîne directement sur un allegro agitato et appassionato assai figurant les diverses passions.

Le thème du largo reprend note pour note une mélodie ancienne : la romance d'Estelle écrite quelque douze ans plus tôt :

Vient l'allegro avec son premier thème : *l'idée fixe* :

Il vient de la cantate *Herminie* du concours pour le Prix de Rome de 1828. Qu'importe! et constatons l'apparentement subtil entre ce thème et celui de l'introduction :

Suit un deuxième thème (mes. 150) :

95

dont le profil mélodique emprunte au thème de l'introduction :

et au premier thème de l'allegro :

Toute cette exposition thématique obéit au principe d'unité et d'économie dans la variété. Suit un développement et une réexposition rappelant le deuxième thème et le premier, pour conclure dans le calme avec une cadence plagale touchante et presque naïve. Le pouvoir mélodique de Berlioz est sans égal pour savoir transcrire ainsi la trace d'illusion et de rêve qu'une présence aimée fait naître et propage. Pour Berlioz, l'éternel féminin reste non seulement cette beauté, cette grâce, cette douceur, mais encore toute la partie du chant qu'elle suscite. Il faut saisir cet être qui achemine à la musique et qui dans une certaine mesure la contient.

IIᵉ partie: Un bal. Ce bal, avec une délicieuse valse parisienne :

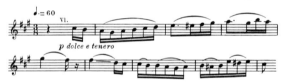

ne serait rien qu'un bal de 1830, très couleur locale, mais Berlioz participe toujours à la réalité que son souvenir reconstruit. Comme Novalis affirmant que « plus une chose est réelle, plus elle est poétique », Berlioz vient interposer, entre le réel entrevu et ce qu'il va rapporter, une frange d'irréalité. Ici l'introduction avec les deux harpes et les cordes nous fait pénétrer comme sur un tapis volant à travers le temps et les lieux dans le climat doré d'un conte de fées. Nous sommes prêts à recevoir ce qu'il faut à toute représentation : l'accompagnement de l'illusion.

Le bal de la Symphonie fantastique, par Fantin-Latour.

IIIe partie : Scène aux champs. Participant au spectacle de la nature, Berlioz, par l'émotion, se refuse à voir en elle davantage qu'un pouvoir d'onde par lequel il animera son chant. Et comme s'il attendait un miracle, la campagne écoute sa peine et chante pour lui sur le tranquille chalumeau (ici cor anglais et hautbois) de deux bergers :

auquel il répond en secret :

enfin, après quelque menace d'orage, isolement, silence.

IVe partie : Marche au supplice. C'est l'ancienne *Marche des gardes* composée pour son opéra inachevé : *les Francs-Juges*. Quand Berlioz veut créer le réalisme d'une scène, le réel n'est vrai que dans la mesure où la puissance d'un irréel l'attire et vient lui donner sa couleur. Ici, ce sont encore les deux thèmes qui constituent la réalité suffisante :

figurant l'appareil justicier :

celui de la marche proprement dite.

V^e partie : Songe d'une nuit de sabbat. Ici tout obéit à ce désir d'incantation qui irradie l'étrange introduction. La leçon de Weber trouvée dans la scène de la Gorge au Loup dans le « Freischütz » a été bien comprise. Mais voilà que le simple rappel de la bien-aimée :

défigurée comme on l'entend, devient le point de départ d'une action inouïe de délire et d'autodestruction, mal romantique que Baudelaire a maintes fois décrit dans ses poèmes et particulièrement dans ceux comme « le Crépuscule du soir ». En même temps que cette caricature de la beauté glapit à la petite clarinette, on entend les amorces des thèmes principaux. Celui de la ronde de Sabbat qui, mêlé au *Dies irae*, se démembre et se fond en imitations diverses pour donner par la suite une fugue : forme tordue et dépecée, admirablement utilisée aux fins expressives de l'action. Des élaborations rythmiques, révélées de façon captivante par l'analyse très fine faite par Maurice Le Roux [2], vont amorcer une étrange strette, p. 190, où le *Dies irae* et la ronde seront finalement carrément superposés, p. 214 ; pour amorcer la conclusion finale : animando poco.

Paganini demanda à Berlioz une pièce pour alto solo et orchestre. Berlioz écrivit... *un solo combiné avec l'orchestre de manière à ne rien enlever de son action à la masse orchestrale...* Paganini déçu de l'esquisse, Berlioz entreprit *pour l'orchestre une suite de scènes auxquelles l'alto solo se trouverait mêlé comme un personnage... mélancolique dans le genre de Childe Harold de Byron...* Cette symphonie concertante, construite sous l'angle psychologique, vient révéler encore de nouvelles sonorités du moi berliozien. Elle procède par métamorphoses successives d'une *idée fixe*, exprimée par le soliste dès son entrée dans l'orchestre. Cette idée fixe va se perpétuer dans toute la symphonie, accompagnée d'alluvions diverses à l'orchestre. C'est la grande « rêverie d'un promeneur solitaire ». Elle se découpe en quatre épisodes :

IIe Symphonie Harold en Italie, op. 16

1. Harold aux montagnes. La mélancolie première exposée à l'orchestre :

cède rapidement à la joie de l'alto :

Joie de la parfaite solitude.

2. *Marche des pèlerins*. Au souvenir d'un de ces chants candides et surannés de processions dans la campagne, Berlioz invente une marche dont le rythme se mêle au discret appel de cloches. Elle apparaît puis s'efface. Berlioz la contemple d'un regard lointain. On reconnaît le chant de l'alto qui semble abolir la durée.

3. *Sérénade d'un montagnard des Abruzzes*. Autres souvenirs défigurés ou, mieux, transfigurés. Aperçus campagnards des promenades à pied en Italie. Notre héros réapparaît sous l'idée fixe que chante l'alto. On ne saurait évoquer le folklore. Berlioz élabore avant tout sur l'émotion d'un souvenir, souvenir intime et subjectif, que le mouvement ou le climat musical, ensuite, reconstituent :

4. *Orgie de brigands*. Après quelques mesures allegro frenetico aux cordes, vient défiler le cortège des souvenirs qu'avaient retracés chacun des trois épisodes précédents. Et l'auditeur, reconnaissant chaque thème, participe à l'illusion, cherchée par Berlioz, de se retrouver à l'état correspondant aux pre-

mières mesures de la symphonie. Après l'amorce des thèmes formant l'orgie de brigands, objet du finale, on détourne l'oreille pour se replonger dans les souvenirs. On assiste alors, malgré les bouillonnements actifs de l'allegro frenetico transparaissant ici et là, aux *souvenirs de l'introduction, souvenirs de la marche des pèlerins, souvenirs de la sérénade, souvenir du premier allegro, souvenir de l'adagio.* C'est alors la reprise du tempo I°, jusque-là seulement amorcé, et l'orgie éclate. Elle éclate dans une forme enroulée en colimaçon et vient encore brouiller toute idée d'un temps linéaire.

IIIe Symphonie Roméo et Juliette, op. 17

Berlioz écrivit cette nouvelle symphonie dramatique à Paris, du 24 janvier au 8 septembre 1849. Comprenant chœurs, solos de chants et prologue en récitatif choral, elle fut composée d'après la tragédie de Shakespeare sur des paroles d'Émile Deschamps. Cette troisième symphonie réalise, avant la lettre, ce que Berlioz écrira en 1852 à C. Lobe : *La musique est le plus poétique, le plus puissant, le plus vivant de tous les arts. Elle devrait aussi en être le plus libre.*

Ici, la libération de la structure symphonique va s'opérer par le détachement de toute détermination a priori, pour ne se lier qu'à l'impulsion poétique. Il n'est que de réentendre le N° 6, Roméo au tombeau des Capulets. *Le Roméo de Shakespeare ! Dieu ! quel sujet ! comme tout y est dessiné pour la musique !* s'écriait Berlioz, dès 1832. Impulsion poétique née du réalisme de la situation vécue (souvenirs d'Harriet à l'Odéon) et transcendée dans la musique, grâce à cette force étrange du dédoublement si typique de la nature tourmentée de Berlioz.

Il est difficile de commenter tout le chef-d'œuvre qui va de la griserie totale (la scène d'amour au N° 3) jusqu'aux sonorités microscopiques qui se posent sans laisser d'autre trace que le souffle (la reine Mab du N° 4). Toute cette musique, génialement élaborée, vient prendre racine sur un réseau subtil d' « idées fixes », exposées et associées dès le prologue au texte narratif du drame. Il se trouve cependant, à l'introduction, avant ces « idées fixes » associées au texte, un dessin intervallique, sorte de cellule initiale, pure

Roméo et Juliette

Symphonie dramatique

avec chœurs, solos de chant et Prologue en récitatif choral,

Dédiée à

Nicolo Paganini

et composée

d'après la tragédie de Shakespeare

Par

Hector Berlioz.

Paroles

de Mr Emile Deschamps.

Partition autographe

offerte à mon excellent ami

Georges Kastner

Pardonnez ... , mon cher Kastner de vous donner un manuscrit
pareil : ce sont ses campagnes d'Allemagne et de Russie
qui l'ont ainsi couvert de blessures. Il est comme ces
drapeaux qui reviennent des guerres,
Plus beaux (dit Hugo) quand ils sont déchirés.-   H. Berlioz

Paris 17 Septembre 1858

de toute intention dramatique précise. Il annonce les divers profils intervalliques des thèmes de l'œuvre [3] dont le décalque s'apparente à un mode défectif saisi sur l'ensemble des douze sons. En voici les trois premières apparitions, au milieu de l'introduction [4], ainsi que les principaux « modes » qui vont légitimer un chromatisme saisi, cette fois, en dehors d'un remplissage décoratif sur l'arrière-pensée diatonique :

L'aspect extra-musical de cette symphonie n'est plus confié à un programme tiré à part, comme l'avait fait Berlioz pour sa première symphonie. Ici, le « programme » fait partie intégrante de l'œuvre. Berlioz y songeait depuis fort longtemps et nous fait même part de ce désir dans une note ajoutée au second programme de la *Fantastique* : *Si les quelques lignes de ce programme eussent été de nature à pouvoir être récitées ou chantées entre chacun des morceaux de la symphonie comme les chœurs des tragédies antiques...* Berlioz pense aux Grecs évoqués maintes fois par son maître Lesueur, sans envisager pour autant de faire un placage archaïque néo-classique. Tout est deviné pour une chose nouvelle. Les parties vocales chantent l'histoire, les parties instrumentales en font des commentaires prodigieux.

INTRODUCTION (orchestre seul) : *Combat, tumulte, intervention du Prince.*
En trois parties : A. un thème de combat, fugato. B. Parenthèses, thème
de combat par augmentation et par deux fois le « dessin intervallique ».
A. Réexposition, thème de combat, variée et éparpillée.

PROLOGUE (récit choral, petit chœur) : *D'anciennes haines endormies...*
Exposition du drame et des « idées fixes ».

STROPHES (en deux couplets A + A, contralto solo, harpe et violoncelle) :
Premiers transports que nul n'oublie...
Parenthèse, sorte de discrète intervention d'un coryphée se détachant
du petit chœur à la façon des tragédies antiques, idée chère à Lesueur.

RÉCITAL CHORAL (ténor solo inclus dans le petit chœur) : *Bientôt de Roméo
la pâle rêverie...*
Brève introduction en récit harmonique homophone s'enchaînant directement au scherzetto.

SCHERZETTO (ténor solo dialoguant avec le petit chœur) : *La messagère fluette
et légère...*
Amorce par l'esprit le futur *scherzo* au Nᵒ 4 qui prendra d'autres thèmes.
Les registres orchestraux sont ici bien distincts. Aigu : picc. et fl. –
graves : alti, vcelles, c. basses.
Atmosphère incroyablement variée, depuis celle des Fêtes galantes (molle
sérénade au clair de lune), l'évocation militaire (col bronzé d'un soldat)
jusqu'au sommeil de Wozzeck (ronfle avec ses camarades). Ce scherzetto
s'achève en *psalmodie (Bientôt la mort est souveraine)*, amorce du funèbre
convoi de Juliette au Nᵒ 5, qui apparaîtra encore en discrète parenthèse au
finale *O Juliette, O Roméo*. (P. 336-339, éd. Eulenbourg.)

Grande fête chez Capulet (orchestre seul, mouvement symphonique).

A. INTRODUCTION de 21 mesures a, b, a. a) Fa (4 mes.) vers do Vᵉ. b) Do
(2 mes.), la vers mi (3 mes.), retour à fa par accords + 6/3 7 dim.
(1 mes.). a) varié et amplifié (8 mes.), fa vers la (4 mes.) avec cadence
en fa. Cette introduction est hors de tout commentaire par le sublime
de son caractère extatique. Elle s'enchaîne directement à :
   1. Phrase lied en trois sections : a) Thème tristesse de Roméo. b) Thème
   d'amour. a′) Thème Roméo tiré du Prologue au Nᵒ 1.
   2. Échos de la fête lointaine et à la clarinette basse le « dessin intervallique » de l'Introduction Nᵒ 1.
   3. Larghetto, thème d'extase de l'Introduction de ce Nᵒ 2 exposé primitivement aux violons, amplifié ici au hautbois et s'enchaîne à :

B. ALLEGRO. a) Exposition-commentaires des deux thèmes principaux (la
fête et Roméo). Avant la 2ᵉ réexposition pédale de Vᵉ. a′) 2ᵉ réexposition : autre orchestre. a″) 3ᵉ réexposition : réunion des deux thèmes.

C. LONGUE CODA (p. 109), à trois reprises, évoquant le « dessin intervallique ». Derniers soupirs du thème d'extase au hautbois. Masse écrasante d'un fa ff tutti. Rappel du « dessin intervallique » au violoncelle et contrebasse. Cadence.

Nº III

Nuit sereine. Le jardin de Capulet silencieux et désert (orchestre seul).

L'orchestre seul introduit le climat d'une nuit sereine, que vont commenter deux chœurs cachés. Tenues chromatiques (dessin intervallique) et rappel au cor solo de l'atmosphère de la fête (p. 128). Au-dessus de ce chromatisme émerge la permanence de la note mi. Cette note sera encore plus brûlante pendant tout le Nº V *(Convoi funèbre de Juliette)* et à la mort des deux amants au Nº 6, p. 271 jusqu'à la fin p. 276.

Ohé Capulets, bonsoir, bonsoir (double chœur, 1º derrière la scène, 2º derrière la coulisse).

La construction de cet épisode choral est très étudiée. Berlioz, qui n'a jamais aimé parler de son travail, avait été formé par Lesueur au goût des formes monumentales. Il exploite ici l'architecture antique avec la succession suivante : Pro Ode - Ode Mésode Ode - Épode, qu'on peut schématiser ainsi : x, A, B, A, a'.

x) *Ohé Capulets, bonsoir, bonsoir* (p. 128, 2 syst.).
A) *Ah quelle nuit quel festin* (p. 129).
B) *Tra la la la la la ra la* (p. 131).
A) *Ah quelle nuit quel festin* (reprise de A, p. 132-133).
a') *Au revoir, Ah quelle nuit, quel festin* (apparenté à A) qui s'enchaîne directement à la scène d'amour.

Scène d'amour (orchestre seul).

Adagio instrumental qui s'amorce par un petit parfum du thème précédent *(les belles Véronaises)* pour s'élancer par différents épisodes dans les commentaires du thème de l'aveu, exprimé pour la première fois au Nº 1, p. 31. Commentaire rythmique, récit instrumental, commentaire mélodique, parenthèses, transitions et finalement chute sur une coda désolée. Vue sous l'angle formel, cette scène d'amour, vaste mouvement lent, illustre deux formes ternaires séparées par un épisode et reliées entre elles par *l'idée fixe* ; ce qui peut être schématisé par : A, B, A, Épisode, A, B, A', coda. Le détail des plans thématiques est façonné par un procédé cher au vieux Lesueur et qu'il appelle : « Pantomime hypocritique », c'est-à-dire musique composée et contrôlée à la fois et des yeux et de l'ouïe en superposant par l'imagination au cursus sonore une pantomime expressive d'acteur.

Nº IV

La reine Mab ou la fée des songes.

Ce scherzo, tant commenté, débute par trois amorces pianissimo, 28 mes. + 28 mes. + 13 mes. qui arrivent au 1er scherzo.

1er SCHERZO. Expose une section de 24 mesures, immédiatement reprise. Par la suite, cette section jouera le rôle de « refrain » à différents points répartis ici et là dans le courant de tout ce N° 4. Après la reprise de ces 24 mesures, Berlioz développe par des jeux de timbre en opposant déjà des accords à la petite harmonie et des arabesques fines aux cordes, tantôt saltato, arco et pizzicato.

1er TRIO. De mystérieux appels à la flûte et au cor anglais (p. 199) en quatre sections auxquelles s'enchaîne (p. 205, mes. 2) un deuxième scherzo.

2e SCHERZO. Un *poco piu presto* que le premier scherzo, celui-ci utilise la section initiale servant toujours de refrain et assez rapidement amène un deuxième trio.

2e TRIO. Un cor lointain et les cymbales antiques éveillent quelque chasse perdue au fond de l'inconscient. Les cordes galopent toujours. Toujours pianissimo, par six fois, l'appel du cor dans un fantastique lointain, transparaît et disparaît, faisant place à un fortissimo général. Nouvelle nuance piano avec les cymbales antiques, et la harpe ramène encore l'entrée du refrain dans un troisième scherzo.

3e SCHERZO. Encore plus bref que le précédent, le mouvement ralentit sur de longues tenues harmoniques, que suit une coda dans laquelle la harpe et les cymbales antiques frappent de leurs sonorités grêles les Ier et V^{e} degrés. Le rêve fantasmagorique cesse, l'action symphonique va reprendre au N° suivant.

N° V

Convoi funèbre de Juliette (orchestre et petit chœur).
C'est une marche fuguée instrumentale à laquelle s'adjoint une psalmodie vocale sur une seule note, le mi : *Jetez des fleurs.*
Le fugato passe aux voix et l'orchestre, à son tour, psalmodie sur le mi.
La tonalité de mi se précise et s'éclaire. Dans une belle ascension, le motif du fugato initial, varié rythmiquement, étendu à tout l'ensemble, fait des entrées rapprochées en strettes (p. 242, 2e syst., mes. 4).
Un postlude, avec une coda, apporte la conclusion du morceau. Cette coda joue sur les effets de matière sonore apportée par l'orchestre et créée sur la note mi immobile (p. 246, 2e syst., mes. 3 et p. 247).

N° VI

Roméo au tombeau des Capulets (orchestre seul).
Ici le réalisme de l'action, grâce à la « pantomime hypocritique », va apporter tout ce qu'il est possible de dessiner avec du mouvement et des notes de musique, jusqu'à cette atteinte suprême de l'être luttant contre la mort. Berlioz arrive ici au summum du réalisme. Même le bon Lesueur, dans sa candeur héroïque pour l'application des données de la « pantomime hypocritique », dont il a généreusement exercé les effets dans son œuvre, n'a jamais poussé l'objectivité d'aussi près. Seul un ancien carabin pouvait traduire sans faiblir l'atrocité vécue de cette scène. Solitaire en dernier lieu, le hautbois, par un rappel ultime issu du « thème intervallique », exhale l'âme de Juliette :

... e finita la commedia...

Nº VII FINALE

La foule accourt au cimetière... Rixe des Capulets et des Montagus (deux grands chœurs, basse solo et orchestre).

Difficile finale, dangereux finale, et pourtant admirablement conçu. Il faut scrupuleusement observer les détails de changements de tempi, d'oppositions de nuances, sans parler des précipitations du discours vocal à faire entendre sans emphase ni ports de voix. La moindre négligence dans l'exécution ferait tout tomber à plat, car tout semble préparé déjà pour tomber à plat. Un très simple motif rythmique aux cordes, soutenu par la scansion des cuivres, amorce les entrées successives des différentes voix des chœurs, qui, d'abord piano, murmurent : *Quoi Roméo de retour* et se regroupent en deux masses chorales réparties chacune en sections symétriques, toujours sur une lourde tenue de l'orchestre au la grave. Toutes les voix se rassemblent enfin dans un crescendo unanime et formidable : *Ciel !* (p. 283, mes. 3).

A voix presque basse, *sotto voce*, plus ralentie, Capulets et Montagus laissent enfin la parole au Père Laurence :

RÉCIT (basse solo et orchestre) *Je vais dévoiler le mystère...*

que suit l'air.

AIR (larghetto sostenuto) *Pauvres enfants que je pleure.*

Tandis que l'orchestre reprend le profil du « dessin intervallique »

associé au thème de Roméo. La mélodie vocale s'inspire de ces deux éléments. Un nouveau récit rapide suit, échangeant brusquement la tonalité une tierce majeure plus bas.

RÉCIT (allegro non troppo) *Où sont-ils maintenant ces ennemis farouches ?*
Le mouvement brusquement vif se précipite encore par des progressions
sur un dessin pédale. Les nuances très souples de piano à forte, avec des
accents fortissimo ponctués aux cuivres sur les accords immobiles de si
majeur par trois fois, marquent le caractère du discours. Conclusion
majestueuse que l'orchestre accuse, par trois « groupes fusées » aux cordes
appuyées par les vents.
ALLEGRO (deux chœurs et basse solo).
Pressé et rapide. Les deux chœurs interviennent à nouveau en reprenant
le thème premier du combat et du tumulte rappelé par l'orchestre :

Le Père Laurence exhorte cette foule menaçante à la paix. L'orchestre,
par de subtiles parenthèses thématiques, fait allusion tantôt à Roméo,
tantôt à Juliette. La foule des deux familles se laisse attendrir. Le chœur
s'achève sur une péroraison recueillie dans la nuance pianissimo, reliée
directement au grand échafaudage conclusif :
Serment de Réconciliation. Jurez donc par l'auguste symbole... (basse solo,
le petit chœur, les deux grands chœurs).
Cette imposante fresque vocale est accompagnée à l'orchestre, au début,
par le rappel de l'incipit de ce numéro aux cuivres. Ensuite deux petites
figures motiviques :

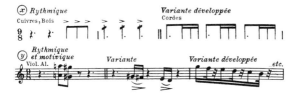

vont à elles seules, dans des proliférations continuelles, donner matière
à l'immense crescendo des trois chœurs. Tout ce grand appareil achève
la symphonie dans l'atmosphère d'un oratorio, dans lequel il faut à tout
prix écarter le cliché non absent d'un opéra à la Meyerbeer, qui, ne l'oublions pas, fut, après Rossini, le grand musicien de l'époque. Il suffit
de rappeler que Chopin, qui n'aimait pas Berlioz, avait une vénération
profonde pour l'auteur des « Huguenots ».

CONVOI FUNÈBRE DES LIBERTÉS

ET AUTRES VICTIMES DU NEUF-AOUT

MORTES POUR LES CITOYENS,

POUR FAIRE PENDANT A CELUI DES CITOYENS

MORTS POUR LA LIBERTÉ.

L'année 1840 paraît devoir être extrêmement propice à l'administration des pompes funèbres.

Une expédition vient de partir qui va pieusement demander à la terre

étrangère les cendres de ce guerrier législateur dont un esprit légèrement

paradoxal a osé dire, dans ces derniers temps, que c'était un crétin. La France suit de ses vœux avec une pieuse impatience cette expédition à laquelle il ne manque absolument que le Tacite intime de l'empire, M. Marco de Saint-Hilaire. Il sera le bien venu sur la terre de France, celui qui, n'eût-il que ce seul titre à son amour, devrait lui être cher par son héroïque aversion pour le joug étranger, qualité assez rare chez nos monarques indigènes.

En attendant, une cérémonie non moins religieuse et qui éveille des sympathies plus profondes encore dans le cœur des patriotes, s'est accomplie sous nos yeux. Les restes mortels des Combattans de Juillet ont été exhumés des tombes isolées que leur avait faites la mitraille ou la balle , tout au travers de cet oublieux Paris qui s'est ému pourtant de pareils souvenirs. Au moment où nous écrivons, ces glorieux débris de la victoire populaire reposent fraternellement, après le combat, sous la même colonne funéraire, comme le même amour de la liberté les avait réunis fraternellement pendant le combat. Quand le deuil officiel n'accaparera plus ce monument, le peuple viendra rendre son reconnaissant hommage de regrets et d'admiration aux mânes de ceux qui sont morts pour la défense de ses droits. La colonne funéraire de juillet se dressera sans cesse devant ses yeux comme souvenir tout à la fois et comme enseignement. Gloire aux morts! espérance aux vivans!

Mais après le pieux recueillement que nous a inspiré la patriotique solennité qui s'est accomplie hier, qu'il nous soit permis aujourd'hui, à nous Charivari, d'appeler l'attention de nos lecteurs sur une cérémonie d'une tout autre espèce. Le Neuf-Août , lui aussi, a eu ses victimes d'un genre tout particulier; victimes innombrables qu'il convient de recueillir à leur tour et d'inhumer conjointement dans une tombe spéciale. C'est à l'accomplissement de ce devoir que l'autorité compétente a consacré la cérémonie annoncée par le titre de cet article ainsi que par la couleur funèbre de ce numéro. En voici le Programme tel qu'il avait été rédigé en Conseil.

IVe Symphonie funèbre et triomphale, op. 15

Elle fut composée pour le dixième anniversaire de la Révolution de 1830 et l'inauguration de la Colonne de Juillet, qu'on peut encore admirer aujourd'hui place de la Bastille. Berlioz organisa son travail sur le plan des festivités prévues pour la grande journée : une *marche funèbre* pour conduire le défilé des chars transportant la dépouille des victimes de juillet 1830, une *oraison funèbre* pour être exécutée sur la place

Une page du « Charivari », journal imprimé spécialement sur papier noir,

lors de la cérémonie de l'inhumation des héros, une *apo-théose* enfin pour clore la cérémonie avec en conclusion « ad libitum » un chœur volontairement populaire sur des paroles d'Antony Deschamps : « Gloire et triomphe à nos héros... ». Wagner, qui assistait à la fête parmi les badauds, trouva cette œuvre « grande de la première à la dernière note ».

Elle est écrite pour grande harmonie militaire, comprenant : quatre petites flûtes, cinq flûtes, cinq hautbois, cinq petites clarinettes, quatorze premières grandes clarinettes, douze secondes grandes clarinettes, deux clarinettes basses, trois groupes de quatre cors, huit bassons et un contre-basson, deux groupes de trompettes : quatre grandes en fa et quatre normales en ut, quatre cornets, trois groupes de trombones : 4, 3, 4 instruments, un trombone basse, deux groupes de tubas comprenant trois instruments chacun.

A l'un des côtés de l'orchestre, huit tambours divisés par deux, un chapeau chinois. A l'autre extrémité, loin des tambours, trois paires de cymbales, une grosse caisse, un tam-tam, une paire de timbales.

Enfin Berlioz ajoute pour les exécutions en salle, ad libitum, quinze pupitres de violoncelle et dix de contrebasse qui soutiendront des chœurs immenses comme la foule.

L'orchestre sonne admirablement et tout y est grand, sans aucune licence vulgaire ni laisser-aller. Berlioz a réalisé là une œuvre populaire au sens très noble du terme. Évidemment ce n'est pas une œuvre à écouter la tête dans ses mains dans une salle de concert. Elle est faite pour une exécution en forum clos. Il est regrettable que l'on ne songe jamais à elle pour les cérémonies nationales et que l'on emprunte toujours, dans les meilleurs cas, l'andante de la septième symphonie de Beethoven.

Le premier mouvement de cette symphonie est d'une réelle grandeur, et le grand récit du trombone solo du deuxième mouvement est d'une simplicité nue et vraie, sans aucune recherche emphatique.

Berlioz, dont les convictions politiques n'ont jamais dépassé l'émotion du moment, a donné là un chef-d'œuvre difficile, car il veut s'adresser à tous, et il y réussit.

le 29 juillet 1840.

MARGUERITE.

Un frisson me court partout le corps.... ah! je suis une femme bien follement craintive .

LE ROI DE THULÉ .

CHANSON GOTHIQUE .

(anglais..) He is dead and gone; at his head a grass green turf,at his heels a stone. (Shakespeare.)

N.º 6 .

Clarinette en La.

Clarinette en La.

1.º et 2.º Cors en Sol.

3.º et 4.º Cors en Ut .

Alto Solo .

Altos .

1.º Violoncelles .

2.º Violoncelles .

Marguerite .

And.te con moto . 𝄒 72 = ♩. Met: de Maelzel .

Elle se met à chanter en se déshabillant .

Autre fois un Ro

C . B .

(*) Dans l'exécution de cette Ballade, la chanteuse ne doit pas chercher à varier l'expression de son chant suivant les différentes nuances de la poésie, elle doit tacher au contraire de le rendre le plus uniforme possible il est évident que rien au monde n'occupe moins **Marguerite** dans ce moment, que les malheurs du Roi de Thulé; c'est une vieille histoire qu'elle a apprise dans son enfance et qu'elle fredonne par distraction .

> « L'homme de génie a les nerfs solides ; l'enfant les
> a faibles. Chez l'un, la raison a pris une place considé-
> rable ; chez l'autre, la sensibilité occupe plus que tout
> l'être. Mais le génie n'est que « l'enfance retrouvée »
> à volonté. »   (BAUDELAIRE, « Curiosités esthétiques ».)

Des cantates à l'opéra de concert

héophile Gautier, dans l'« Histoire des romantiques », fait remarquer à propos de *Roméo et
Juliette* et de *la Damnation de Faust* – qui n'ont
« besoin ni de décors, ni de costumes » – que ce
sont là les formes idéales « où la fantaisie du poète règne en
maîtresse ».

Contrairement à l'esthétique du musicien qui écarte toute
association vénéneuse pour écrire en parfaite liberté, Berlioz,
lui, ne peut rien imaginer avant qu'une promesse musicale
ne vienne s'interposer entre lui et quelque objet. Cette promesse assurée, la mise en œuvre se fait alors sans plus se
soucier du réel. La « maîtresse fantaisie » de Berlioz l'a
enfouie dans la musique qui ne sonorise plus le réel, mais
rend réel par la sonorité. Cette originalité fondamentale
pourrait, à la réflexion, apporter une conception dramatique
neuve.

Dans ses quatre cantates [5] de concours à l'Institut : *la
Mort d'Orphée* (1827), *Herminie* (1828), *Cléopâtre* (1829),
Sardanapale (1830), on peut saisir par quel côté le jeune
Berlioz entreprend déjà de faire ressortir la musicale vérité
du réel. Dans toute cette production de jeunesse, qui s'étend
de 1828 à 1832, il ne faut pas négliger deux autres œuvres
très importantes, aujourd'hui oubliées. L'une, les *Huit
scènes de Faust* (1829), est révélatrice d'un projet qui s'éla-

borera plus tard entre les années 1845 et 46 ; l'autre, *Lélio* (1831), tente de rassembler les meilleurs morceaux d'un passé récent. Berlioz travaillera toujours ainsi, en reprenant à d'autres fins des œuvres anciennes. Toute sa vie, apparemment faite d'impressions et de fièvres, ne sera que la reprise de vieux rêves, ou d'esquisses de jeunesse.

Les *Huit scènes de Faust* contiennent déjà une bonne partie de la future *Damnation* [6], puisque seront déjà composés : 1° *Chant de la fête de Pâques*, 2° *Paysans sous les tilleuls*, 3° *Concert de Sylphes*, 4° *Histoire d'un rat*, 5° *Chanson de Méphistophélès*, *Histoire d'une puce*, 6° *le Roi de Thulé*, 7° *Romance de Marguerite* et *Chœur de soldats*, 8° *Sérénade de Méphistophélès*. Le texte de ces *Huit scènes* est pris sur la traduction française, tout nouvellement parue, de Gérard de Nerval. Les trois premières scènes mises à part, Berlioz conservera presque toute cette musique seize ans plus tard.

Lélio, monodrame lyrique en six parties, remet en scène « l'Artiste », le héros de la *Symphonie fantastique*. Cela vaut la peine d'aller feuilleter cette partition invraisemblable, véritable « happening » futuriste où, dans une succession scénique aussi débridée et folle que celle des films des Marx Brothers ou d'« Hellzapoppin », vont se suivre : 1° Une *Ballade du pêcheur* (antérieurement publiée, et déjà très « genre Gounod », dirait Satie), 2° *Chœur d'ombres* aux verticalismes lugubres et sinistres (tiré textuellement de la cantate *Cléopâtre*), 3° *Chanson des brigands* (variante de la mélodie de 1839 ; *Chanson de pirates* sur un poème de Victor Hugo), 4° *Chant de bonheur* que suit un splendide commentaire, confié à toutes les cordes de l'orchestre, au n° 5, intitulé : *la Harpe éolienne* (les n°s 4 et 5 sont extraits tous deux de la cantate *la Mort d'Orphée*), 6° *la Fantaisie sur la tempête*, tirée de l'ouverture « gigantesque et d'un genre entièrement nouveau », de 1830, pour chœurs, deux pianos à quatre mains et orchestre, vient clore avec un petit « en plus » l'étrange mélologue. Il faut avoir la partition pour constater les vertigineux débordements d'imagination de Berlioz, qui dépassent de très loin tout ce qu'ont imaginé jusqu'ici les différents Dadas et leurs successeurs. L'œuvre fait date. Elle illustre le gandin flamboyant de 1830 qui, comme dans toutes les manifestations de la jeunesse, est d'un incroyable mais profond sérieux.

Nous savons ce qu'apporteront par la suite les *Huit scènes de Faust* par cette *Légende*, ou *Légende dramatique* élaborée dans *la Damnation de Faust*. Berlioz a dessiné là un genre d'opéra nouveau : « l'opéra de concert », qui ne se soucie aucunement des problèmes de mise en scène, qui obligent – dit-on – le musicien à des plâtrages attrayants et des dandinements. Berlioz se propose, comme dans un oratorio profane

– ALORS QU'EN FAIT IL NE RÊVE QUE D'OPÉRA –

de nous faire assister à un « spectacle dans un fauteuil ».

Dans *Lélio*, par contre, il y avait une représentation, et aujourd'hui, à ne considérer que la structure de l'œuvre, dépouillée de ses arlequinades, on s'aperçoit rétrospectivement que Berlioz osait beaucoup plus loin, se situant d'emblée hors de tous les cadres de la scène lyrique. *Lélio* apporte toutes les licences que vont s'arroger à bon droit, au XXᵉ siècle, les spectacles humoristiques ou, mieux, le « spectacle total », jouant très finement du coq-à-l'âne et du quiproquo. Une dernière remarque enfin, toujours à propos de *Lélio* : le dernier numéro, la *Fantaisie sur la tempête*, est un poème symphonique, qui préfigure, par l'emploi d'un programme, des chœurs et des commentaires d'orchestre, la « symphonie dramatique » telle que Berlioz va l'établir définitivement pour *Roméo et Juliette*.

Cette *légende dramatique* a été maintes fois analysée et commentée [7]. Il n'est donc pas indispensable ici d'éclairer encore un tel chef-d'œuvre. En 1893, à l'Opéra de Monte-Carlo, Raoul Gunsbourg eut, le premier, l'idée de le monter à la scène. Cette idée fut reprise en 1903, à Paris, au théâtre Sarah-Bernhardt. L'Opéra enfin suivit l'exemple le 5 juin 1910. Depuis cette date, l'œuvre compta 360 représentations jusqu'à 1959. Elle a été dernièrement reprise, comme on le sait, par les ballets M. Béjart. Il fallut cependant, en 1877, le courage d'Édouard Colonne pour oser exécuter et révéler à nouveau cette partition maudite, oubliée pendant plus de trente ans. Elle est partagée en quatre parties :

1. Méditation solitaire de Faust devant la nature qui s'éveille au printemps. Prodigieuse utilisation des entrées successives offertes par la structure de la fugue... Viennent ensuite des paysans (ronde des paysans) et des soldats (marche hongroise, ou la façon d'amener un crescendo).

2. Aventures étranges de Faust, conduit par Méphistophélès dans une taverne, au bord de l'Elbe. Faust découvre l'amour par un songe tout animé de Sylphes (ballet imaginaire de Sylphes encore plus suave que l'idéale suavité tentée par Mendelssohn). Un finale, amorçant le n° 3 suivant, nous fait assister

la Damnation de Faust op. 24

Gravure de Gustave Doré pour « l'Enfer » de Dante

au couvre-feu, où soldats (chœur de soldats) et étudiants (chanson d'étudiants) parcourent les ruelles proches de la demeure de Marguerite. Imbrication des deux chœurs, fort bien calculée à l'avance.

3. Suite du N° 2. On sonne la retraite, les portes de la ville sont fermées. Faust bénit le crépuscule. Sublime reconnaissance des deux amants, pendant que Méphistophélès s'active avec les feux follets à d'autres extases. On ne va pas s'éterniser ici. Brusque et cruelle séparation de Faust et de Marguerite. Méphistophélès, en vrai avocat du diable, sème une sordide panique avec un chœur de calomnies.

4. Tristesse de Marguerite *(D'amour l'ardente flamme)* ; tristesse de Faust *(Nature immense)*, solitude du cœur. Méphistophélès actif embarque son client dans une course à l'abîme qui mène tout droit au *Pandaemonium*. – Chœur infect : *Has ! Irimiru Karabrao*, que seul H. P. Lovecraft saura plus tard décrire avec des mots. Paroles affreuses d'un abîme « paléozoïque... ». Enfin, le Ciel, où « la nuit même devient lumière », auréolée par l'Hosanna mystique, cantique de joie. Je ne vois que Schumann, qui, avec Berlioz, ait su traiter le sujet avec le sens religieux inné qui écarte la basse anecdote ou la sucrerie, pour aller sans détour au profond du sujet éternel, repris ici par Gœthe, et depuis par tant d'autres...

On sait le lamentable échec de la partition, exécutée en première audition le 6 décembre 1846. Voici un extrait de l'article paru dans « la Revue des Deux Mondes » de la plume de M. Scudo : « Si, d'un côté, M. Berlioz ne trouve presque toujours, au lieu d'idées, que des chants inintelligibles, de l'autre, il ne s'est pas donné la peine d'étudier suffisamment les procédés de l'art d'écrire... Non seulement M. Berlioz ignore l'art d'écrire pour la voix humaine, mais son orchestration même n'est qu'un amas de curiosités sonores sans corps et sans développement. »

Et Berlioz déchiré, non par ces vilaines lignes [8], mais par l'indifférence générale, écrit : *Rien dans ma carrière d'artiste ne m'a plus profondément blessé.* Il avait quarante-trois ans.

Affiche de Fraipont (1878)

LA Damnation DE FAUST

PAR HECTOR BERLIOZ

Les trois opéras

rois grands noms ont brillé à l'époque où Berlioz, toujours hanté par l'opéra, chercha à placer sa musique malgré l'échec cuisant, le 10 septembre 1838, de *Benvenuto Cellini*, qui n'alla pas plus loin que la septième représentation. Trois noms que Charles Garnier eut garde de ne pas oublier et qui figurent sur les façades latérales de l'Opéra, achevé en 1874 : Rossini, Cherubini, Meyerbeer [9].

Ajoutons à ce trio quatre étoiles d'importance : Hérold, mort très jeune, en 1833, qui écrivit un an avant sa disparition son chef-d'œuvre : « le Pré aux Clercs » ; Auber, qui au contraire vécut très longtemps (1782-1871), s'occupa d'opéras-comiques et dirigea le Conservatoire après la mort de Cherubini en 1842 ; Halévy qui, outre ses musiques d'opéra, tenta un renouveau dans la musique sacrée israélite et comme professeur de composition musicale au Conservatoire fut le maître de Gounod entre 1836-1839, et vingt ans après, celui de Bizet, enfant prodige qui fit la joie de Berlioz et de Liszt par ses incroyables dons musicaux ; Adam, enfin, né la même année que Berlioz, auteur de deux œuvres aussi populaires que différentes d'esprit : « le Postillon de Longjumeau » et « Minuit chrétiens ».

Cette revue rapide permet d'imaginer comment un jeune musicien, désirant aborder la scène de façon « moderne »

A l'angle du théâtre des Italiens en 1833

et intéresser un directeur de théâtre (l'illustre Duponchel, par exemple) devait forcément rossinir, chérubinir et meyerbir!!! Berlioz prit pour modèles : Gluck, Weber et Spontini, sans oublier les conseils de Lesueur et sa conception « pantomimique » de la construction musicale, ainsi que de la fonction dramatique des chœurs traités « comme à l'antique ».

De Gluck, il prit modèle sur les derniers opéras, « Orphée » et « Alceste », pour la souplesse des récitatifs chantés avec orchestre, et non plus « recitativo secco » accompagné par le clavecin du chef d'orchestre, ou vaguement coloré à l'orchestre par quelques accords. L'orchestre, qui n'est plus une grande guitare d'accompagnement, vient faire le lien entre les divers morceaux en s'octroyant l'air principal, tandis que la ligne vocale n'est soucieuse que de la déclamation. Dans les airs pour solo, obéissant toujours aux formes éprouvées comme la cavatine, la romance, la sérénade, la scène et l'air, Gluck avait supprimé les ornements superflus, esclavage du bel canto, pour ne rechercher que l'expression du sujet et l'intelligence du texte.

Comme Weber, Berlioz étendit, à des fins symphoniques, l'importance de l'ouverture à des intermèdes épisodiques qui commentent l'action à l'intérieur même du drame. Le dernier acte du « Freyschütz » lui montra l'inutilité de garder une forme stéréotypée découpant l'acte en morceaux.

Chez Spontini, qu'il ne faudrait pas confondre avec Cimarosa et Piccinni toujours de mode à l'époque, il appréciait particulièrement la vivacité et la spontanéité tout italiennes. Il admirait beaucoup le finale du second acte de « la Vestale », avec les effets de chœurs dont chaque voix entre en strette, et qui dépeignent plastiquement la situation : les prêtres et le peuple accablant Julia d'imprécations.

Dire que Berlioz a tiré de ses admirations des leçons systématiques serait un mensonge, car il n'a jamais systématisé quoi que ce soit [10], pas plus qu'il n'a cru à *une* musique d'opéra.

Pour *Béatrix et Bénédict*, Berlioz en aborda l'idée dès 1833 et la laissa alors à l'état d'esquisse de livret. C'est une petite « comédie et proverbe » dans le ton léger et tendre à la fois, qui veut écarter l'emphase, le sérieux, jusqu'aux prétextes de longs développements. Le sujet, la pièce de Shakespeare « Beaucoup de bruit pour rien », est exploité par Berlioz, avec une jeunesse incroyable, dans le style de l'opérette ou du petit opéra-comique. Il nous donne une partition de quinze numéros plus une ouverture, disposés comme de grandes parenthèses sur le texte dont il a dû, évidemment, changer le titre (!), peu compatible avec une œuvre musicale. Si son livret, parfaitement adapté à la musique, doit être conservé, rien n'empêche aujourd'hui, dans les parties parlées (qui ne sont pas partie intégrante de la partition), de reprendre une traduction actuelle du texte original. Sinon, la traduction parlée de Berlioz nous semble très plate et plus du tout drôle.

Benvenuto Cellini fut écrit entre 1836 et 1839, époque où le jeune Berlioz pensait voir s'ouvrir devant lui la carrière de musicien dramatique. Il tenta, après les essais abandonnés des *Francs-Juges*, d'adapter ses idées de musique représentative (réalisées avec succès dans sa production symphonique) à celles des musiques d'opéra classique de son temps. Il s'agissait pour lui d' « animer » les parties chantées des solistes et celles dévolues aux chœurs. A son avis, l'activité des solistes devait pouvoir gagner celle des groupes vocaux simulant sur la scène la présence vivante de la foule. La hardiesse de ce plan, si réussi, séduisit plus tard Wagner qui l'appliqua pour « les Maîtres chanteurs ». Il y a là, chez Berlioz, comme chez Wagner, un retour inconscient aux procédés chers aux compositeurs de madrigaux dits « dramatiques », transposition musicale de la commedia dell' arte, à l'époque de la Renaissance italienne.

La Prise de Troie et *les Troyens à Carthage*, commencés en 1856, illustrent encore un autre idéal scénique et dramatique. Berlioz, aux approches de la cinquantaine, se méfie de l'expression à bout portant, des éclairages sonores aux accents trop glorieux. Il hait désormais tout semblant de grimace musicale qui cherche à rendre la couleur locale de cette vieille fable : la scène [11]. Ce n'est pas qu'il ne sache pas : il ne veut pas.

Il va donc s'écarter de la ligne mélodique en accroche-cœur qui cerne l'anecdote et réduit la musique à des accents « expressifs ». Dans *les Musiciens et la Musique*, il nous confie à propos de « Sapho » de Gounod en 1851 : *Avant tout, il faut qu'un musicien fasse de la musique. Et ces interjections continuelles de l'orchestre et des voix... ces cris de femmes sur des notes aiguës, arrivant comme des coups de couteau, ce désordre pénible, ce hachis de modulations et d'accords, ne sont ni du chant, ni du récitatif, ni de l'harmonie rythmée, ni de l'instrumentation, ni de l'expression... Il fallait songer à un autre mot de Mozart qu'on ne médite pas assez : « Depuis bien longtemps, a-t-il dit, les compositeurs torturent leurs idées pour les placer servilement sous les paroles ; quand donc en viendra-t-on à faire des paroles sous leur musique ? Ce serait plus naturel ! »... La musique devrait être la première...*

Un écho de Mozart le saisit, Mozart le dramaturge [12], révélé en France, non déguisé, par Spontini qui, dès 1811, donnait à Paris la première de « Don Juan ». Combien Gluck (dont il révisera pourtant en 1861 l' « Alceste ») et Weber (dont il a, en 1841, orchestré l' « Invitation à la valse » et composé les récitatifs du « Freyschütz ») sont loin désormais !

Le divin Virgile le ramène aux sources des souvenirs d'adolescence comme à un paradis retrouvé. La grande entreprise des *Troyens* lui fait voir les richesses de l'appolinien. Dans cette œuvre, il écarte résolument la conception de l'air ou l'arioso, style opéra. Tout doit obéir aux mouvements de l'idée musicale. Ainsi, dans *la Prise de Troie*, il ne reste que deux airs, dans *les Troyens* quatre. Tout va se passer dans la musique d'orchestre et dans la parole récitée. Comment ne pas être désorienté par une telle disparité de manières, par des contradictions si évidentes dans la façon d'aborder la mise en musique de chacun des trois opéras qu'il va laisser ? On pourrait croire qu'il y a là trois musiciens, adoptant chacun un style d'opéra qui, aujourd'hui encore, reste en question !

En voici très brièvement les sujets :

Opéra en trois actes. Livret de Léon de Wailly et de Auguste Barbier, tiré des truculents « Mémoires » de Cellini, orfèvre, médailleur et sculpteur florentin (1500-1570), familier des papes, des princes et de François Ier.

Acte I. Le jeune Cellini, plein d'ardeur et de génie, aime Térésa, fille de Baladucci, trésorier du pape, qui n'a malheureusement aucune estime pour Cellini et destine sa fille au vieux Fieramosca.

Acte II. Scène I : En joyeuse compagnie dans une taverne, Cellini reçoit une commande pressante de la part du pape : une statue de Persée à livrer le lendemain. *Scène II :* Cellini préfère s'occuper de l'enlèvement de Térésa, que les mouvements des masques du carnaval romain va favoriser, plutôt que de se mettre au travail. Et le deuxième acte s'achève en une grande kermesse brossée à la Rubens.

Acte III. Scène I : Dans son atelier, Cellini et Térésa sont vite découverts. Baladucci et Fieramosca surviennent, suivis par un cardinal envoyé du pape pour s'assurer du travail effectif de Cellini. Rien n'est encore fait. Doux chantage de Cellini, un marché est conclu. Si la statue est prête avant la nuit, si Cellini tient cette gageure, tout lui sera accordé, même la main de Térésa. *Scène II* : Péripéties de la fonte. Le métal manque. Cellini et ses aides font table rase de tous les ouvrages se trouvant dans son atelier et, après une rude émotion, achèvent la statue. La chance « est amicale aux insensés ». Cellini épouse Térésa.

Partition turbulente et gaie qui balaie d'un seul coup la conception-cliché, où soli, chœur ou tutti d'orchestre se donnent élégament la réplique.

Berlioz, parlant de la reprise triomphale de *Benvenuto* en mai 1852 par Liszt à Weimar, écrit un an plus tard à sa sœur Adèle : *J'aime plus que jamais cette chère partition de Benvenuto, plus vivace, plus fraîche, plus neuve (c'est là un de ses grands défauts) qu'aucun de mes ouvrages.*

Béatrix et Bénédict   Opéra-comique en deux actes. Livret de Berlioz.

Acte I (8 numéros). La scène se passe en Sicile près d'un port. Deux jeunes filles, Héro et Béatrix, attendent le retour imminent de l'armée victorieuse et de deux jeunes officiers : Claudio, fiancé à Héro, et Bénédict, qui entretient des propos piquants et blasés avec Béatrix. Héro et Claudio vont pouvoir enfin se marier, Béatrix et Bénédict feignent toujours de s'ignorer. Intermède burlesque d'un « épithalame grotesque », conduit par Maestro Somarone. Bénédict découvre qu'il aime Béatrix. Le premier acte s'achève alors dans l'atmosphère d'un tableau de Watteau : la tendre Héro, par une *nuit paisible et sereine* dans un parc, rêve avec sa suivante à la douceur d'aimer.

Acte II (7 numéros). Reprise de l'intermède musical grotesque. Somarone, qui a bu un bon vieux coup, s'apprête à diverses improvisations « avec tous les instruments favoris de Mars et de Bacchus ». Béatrix, à son tour, se lasse de jouer la « finette » et se surprend à songer d'amour pour son bel « indifférent ». *Dieu que viens-je d'entendre !* A l'exemple de Héro et de Claudio, dont les noces sont annoncées déjà par une marche nuptiale, Béatrix et Bénédict découvrent qu'ils s'aimaient sans le savoir et, tout de go, viennent se marier : double joyeuse noce. L'opérette s'achève par un scherzo duettino : *Folie, après tout, vaut mieux que sottise, adorons-nous donc !*

Comme ce marivaudage est difficile en musique ! Il demande aux interprètes autant de talent dans les paroles chantées que dans celles dites et jouées [13]. L'orchestre, par contre, se présente tour à tour comme un grand orchestre lyrique ou comme un petit ensemble de musique de chambre qui, réellement, doit s'amuser et improviser (Nos 6 et 6 bis : *Mourez, tendres époux*, et No 9 : *le Vin de Syracuse*).

Lithographie de Fantin-Latour pour « Béatrix et Bénédict »

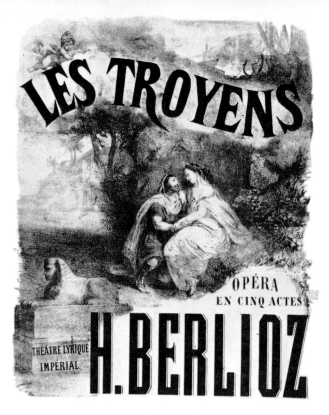

La Prise de Troie (1re partie) met en scène les horreurs des derniers jours de Troie que les Grecs assiégeaient vainement depuis dix ans. C'est le sujet du livre II de « l'Énéide ». *Les Troyens à Carthage* (IIe partie) sont extraits de la fin du livre I et de tout le livre IV de « l'Énéide ». La reine de Carthage, devenue amoureuse d'Énée, tente de le retenir. Énée, obligé d'obéir aux adjurations de Mercure envoyé par Jupiter, fait voile pour l'Italie. Didon feint un sacrifice au Dieu des Enfers. Elle monte sur le bûcher et, après avoir déploré son sort et regretté son infidèle amant, se donne la mort.

Ces deux grands volets qui se complètent comptent trois et quatre actes. Ils ont été écrits entre 1856 et 1863.

Acte I. Le camp abandonné des Grecs. Scènes de détails et scènes de **la Prise de Troie**
foules. Hommage funèbre à Achille chanté par les flûtes doubles. Le rideau
se lève : allégresse des Troyens et scène du Cheval de Troie. Apparition de
Cassandre, la visionnaire, dont le rôle est remarquable de vie et de vérité
durant ces trois actes. L'acte s'achève sur ses noirs pressentiments : elle ad-
jure son fiancé, Chorèbe, de fuir sur l'heure. Il préfère demeurer près d'elle.

Acte II. Marche des héros troyens (étranges jeux de tous les modes sur
le ton de do). Hommages de la foule troyenne aux dieux de la paix. C'est
l'occasion pour Berlioz de faire revivre des scènes de détails mimés sur la
symphonie : combat de Ceste, pantomime touchante de la scène II avec
Andromaque et son fils, que commente – avec quelle grâce exquise – le
chant enveloppé de nuances modales [14] de la clarinette :

Contraste tout à coup, avec la brusque entrée d'Énée (encore un rôle péril-
leux) hors d'haleine. Trouble-fête, il rapporte l'épisode fameux de Laocoon.
Les scènes IV et V achèvent l'acte : Cassandre montre le plus grand désordre
de son âme et crie à nouveau dans le désert d'une foule inconsciente qui ne
veut croire qu'au bonheur et à la paix.

Acte III. Un premier tableau, très court, annonce l'œuvre suivante. Énée
dort. L'ombre d'Hector lui apparaît et lui ordonne de fuir en Italie. Berlioz
a su profiter de la leçon d'art dramatique de Shakespeare, aussi ces deux
trois scènes suivantes du deuxième et dernier tableau est un pur chef-d'œuvre
de tragédie. Le deuxième tableau (l'autel de Vesta dans le palais de Priam)
nous fait assister aux derniers moments de la prise de Troie. Polixène et
les femmes troyennes se rendent à l'évidence affreuse. Berlioz, par un chœur-
prière, arrive à ressusciter un tableau poignant dont l'effet tient à 4 notes :

Arrive Cassandre, alors que le palais et toutes les demeures à leur tour sont
mises à sac par les Grecs. Mort des Troyennes, exhalant l'ultime pensée
d'espoir : Italie. En sept mesures, Berlioz clôt cette vision épouvantable et
achève son premier volume.

Il ne l'entendra jamais. C'est cependant l'œuvre la plus
haute, de tous les essais tentés jusqu'ici pour faire revivre
la véridique et effroyable histoire des Troyennes [15]. Évidemment, le sujet n'est pas gai. Nous savons aujourd'hui qu'il
existe, et qu'il s'est passé encore récemment. On comprend
qu'en 1864 on ait préféré *les Troyens à Carthage* [16] qui rela-
tent, de façon si racinienne cependant, les amours fameuses
d'Énée et de Didon.

129

les Troyens
à Carthage

Acte I. Après un court lamento d'orchestre, tout empreint de l'atmosphère des scènes précédentes et rappelant le sort des fuyards partis en mer sous la conduite d'Énée, nous sommes brusquement plongés dans un pays nouveau : la riche, l'opulente Carthage. On s'ennuie presque chez les Libyens devant cet étalage de biens de toutes sortes. Le miracle économique réalisé par Didon nous assommerait si nous n'avions vécu le drame chaotique précédent, qui ne se passe pas dans une « salle de verdure ». Berlioz a très bien fait ce lent et paisible intermède qui n'a sa place qu'après l'incendie de Troie [17]. L'action peut reprendre et, fort logiquement, commence au finale de ce premier acte, quand Narbal, ministre de Didon, accourt avec agitation apporter la nouvelle d'une autre guerre. Énée interrompt sa mise en scène, et l'on décide de s'armer, Libyens et Troyens, contre Iarbas, roi des Numides, qui menace Carthage.

Acte II. Iᵉʳ *tableau :* Orchestre seul. Une symphonie descriptive (Ravel s'en est-il souvenu pour « Daphnis » ?) avec pantomime, va retracer pour nous une chasse dans une forêt vierge d'Afrique au matin. C'est de l'exotisme parfait à la Henri Rousseau, avec tout ce qu'il faut d'étrange et de merveilleux – naïades, chasseurs au loin et oiseaux exotiques. Ce pur chef-d'œuvre serait à citer intégralement. Il s'achève par un orage avec une pluie équatoriale. Le ciel s'obscurcit, la nuit tombe, des fauves encore... et la foudre, les nuages épais cachent Didon et Énée... Il est grand dommage qu'on ne joue pas cette pièce au concert, comme une pièce symphonique indépendante. 2ᵉ *tableau* (dans le palais de Didon sur le bord de la mer) : On va assister au spectacle du ballet de la cour. Didon s'y ennuie, toute à la pensée d'Énée. Suivent le quintette et le septuor célèbres, et enfin le duo non moins connu : *Nuit d'ivresse et d'extase* [18]. Puis Mercure survient et trouble la fête : Italie, Italie...

Acte III. Il présente une suite de petits tableaux des Troyens, pendant la nuit, dans le port au milieu des vaisseaux. Procédé cher à Shakespeare (je pense aux petites scènes préparant la bataille d'Azincourt dans « Henri V » [19].) L'acte débute par une chanson de matelot qui rêve et s'endort. Nous voilà à l'état-major troyen. Les officiers craignent qu'Énée n'oublie sa mission. Un duo entre deux sentinelles qui, au contraire, trouvent la vie belle à Carthage : *Par Bacchus, ils sont fous...* Énée, enfin, exprime sa peine qui contraste avec les scènes précédentes, dessinées comme les lithographies de Daumier. Ici, l'accent tragique et sublime expose le choix du devoir. Surgissent alors les spectres de Priam, de Chorèbe, d'Hector et de Cassandre. Énée a peur de sa faiblesse. Il ne reverra donc pas Didon : *Debout, Troyens, le vent est bon.* Ils seront partis avant le lever du jour.

Acte IV. Iᵉʳ *tableau* (un appartement du palais de Didon) : La reine ne se doute de rien. Iopas, son poète familier, entre précipitamment et, affolé, annonce la fuite de la flotte troyenne. 2ᵉ *tableau : Finale.* Même décor qu'à l'acte II, les jardins de Didon au bord de la mer, là même où s'était passée la *nuit d'ivresse et d'extase.* Didon a fait préparer un bûcher et, quasi démente, prise entre la dignité et les sursauts convulsifs de la passion, elle tombe dans le désespoir, la folie, et se donne la mort.

130

Cette dernière scène montre le sens aigu de Berlioz dans la peinture des passions humaines qui, exprimées ici au paroxysme, gardent toujours la ligne souveraine qui sied. *J'ai passé ma vie avec ce peuple de demi-dieux. Je me figure qu'ils m'ont connu tant je les connais.* Pourquoi s'étonner que Berlioz n'ait pas fait de ce double opéra une sorte de super-production cinématographique en technicolor? Il n'en a ni les qualités de clinquant et d'effets, ni les défauts, d'où le malentendu. Il n'y pas une note à ôter de cette tragédie musicale. Il suffit de supprimer les reprises multiples comme le font souvent les chefs intelligents dans les ouvrages classiques, car notre attention d'écoute n'est pas la même que dans le passé.

Quant aux décors, si l'on tente d'illustrer cette œuvre avec un pinceau laborieux à la David ou, pis encore, tout chargé d'attirails trouvés à la Galerie des Antiques du Louvre, la partition coule à pic dans le bric-à-brac. Si l'on charge avec du bel canto, ou des ports de voix, la ligne vocale mise en contrepoint avec un orchestre à pédale expressive, on donne aux personnages un genre tout à fait « opéra » que, précisément, n'a pas recherché Berlioz. Dans les rôles les plus difficiles, si Cassandre n'est pas folle, possédée, hallucinée, Énée sobre, actif et toujours net dans l'expression de ses sentiments, Didon passionnée, possessive et profondément digne comme l'est une reine, rien ne peut passer, malgré les plus belles voix du monde, ces voix qui ont appris à s'exprimer sur le répertoire lyrique à succès du XIXe siècle, où les passions ne dépassent pas celles d'un roman d'Octave Feuillet. Ce style poétique n'a rien de blâmable en soi, mais ce n'est pas ainsi que Berlioz entendait parler. Il croyait « voir » sa musique, du seul fait qu'elle palpitait en lui, et ne prenait alors pour mise en scène que le mouvement musical, l'action musicale, dictée par ses émotions. A vous, Messieurs du théâtre lyrique, de les retrouver directement sur le vif du discours sonore.

GRANDE
MESSE DES MORTS

Dédiée
à Monsieur
LE COMTE DE GASPARIN
PAIR DE FRANCE
et Composée par

HECTOR BERLIOZ

*Exécutée pour la 1.re fois à l'Eglise des Invalides le 5 Décembre 1837
pour le Service funèbre du G.al DAMRÉMONT et des Officiers et Soldats français
morts à la Prise de Constantine.*

Op.5.

2.me ÉDITION *revue par l'auteur, et contenant
plusieurs modifications importantes.*

ir. aux Arch. de l'Union
25890

Prop. des Ed
Fr. 40.

MILAN
I.R. Établissement National Privil.
DE JEAN **RICORDI**
Rue des Omenoni N.º 1720 et à côté du Théâtre à la Scala
Florence, Ricordi et Jouhaud. *Mendrisio, Pozzi.* *Paris, Brandus.*

Les trois œuvres religieuses

premier article de critique musicale de Berlioz a été publié par le journal « le Correspondant », le 10 mars 1829, et traite des *Considérations sur la musique religieuse*. Dans ses études musicales, réunies dans le volume *A travers chants*, Berlioz, au chapitre 19 : *Adorations, boutades et critiques*, revient à la question, à propos d'une publication faite en 1861 par son vieil ami Joseph d'Ortigue, intitulée : « la Musique à l'église ». Pour d'Ortigue, la musique religieuse ne peut trouver de salut hors le retour et l'application des vieux modes ecclésiastiques. Berlioz, mi-fâché mi-souriant d'une telle niaiserie, mais révolté de l'affadissement croissant de la musique religieuse (hélas précisément par ce soi-disant retour aux vieux modes), brandit l'« Ave verum » de Mozart, *cette expression sublime de l'adoration extatique.* Cabré contre ces pieux semblants d'art sacré qu'en 1860 fait rayonner le néo-gothique, il ironise sur la saveur dépouillée du dit « plain-chant », tel qu'on le retrouve au XIXe siècle. Et sans être précisément porté sur la science musicologique, le bon sens lui fait tourner le dos à *la simplicité, le vague, la tonalité indécise, l'impersonnalité, l'inexpression, qui font, aux yeux de M. d'Ortigue, le mérite principal du plain-chant.* Quel bonheur également que Berlioz n'ait pas été tenté par quelque complexe caché de forme, comme Mendelssohn,

Gounod et Franck, de modeler les contours de sa musique religieuse par une solution ravivée à la J.-S. Bach, le radieux cantor de Leipzig, toujours inimitable, et qui d'ailleurs ne changeait ni d'habit, ni d'allure pour louer le monde ou son Créateur.

Berlioz est l'exemple d'un musicien (profane) qui sait admirablement SON métier, et malgré son indifférence religieuse (affirmée), il se sent attiré malgré lui à exercer ses dons pour illustrer un texte religieux et commenter son mystère. Cela revient, en définitive, pour le musicien dont le langage est fait, à « méditer symphoniquement ».

Berlioz, étudiant au Conservatoire, a appris de Lesueur, chaque dimanche à l'église des Invalides, les différents commentaires musicaux qu'on pouvait imaginer à partir de l'office ordinaire et des différentes oraisons du jour.

Il composa d'abord une *Messe solennelle* [20], premier ouvrage donné en public à l'église Saint-Roch, dirigé par Valentino, en juillet 1825. Il la remet en chantier et la redonne à l'église Saint-Eustache, sous sa direction, pour la fête de sainte Cécile, le 22 novembre 1827, puis la détruit. Cet hommage étrange, maladroit sans doute, mais plein de foi, a dû plaire à la patronne des musiciens. Elle lui accorda ensuite d'écrire, lui incroyant (athée même, à son dire), les trois chefs-d'œuvre de la musique religieuse française de son temps. On ne sait si Dieu et les puissances célestes ont été ébranlés ou touchés par cette musique, mais ceux qui ont entendu, soit à l'église, soit au concert, le *Requiem*, *l'Enfance du Christ*, et le *Te Deum* n'en sont jamais sortis indifférents ou choqués.

Requiem op. 5 *Si j'étais menacé de voir brûler mon œuvre entière moins une partition, c'est pour la* Messe des morts *que je demanderais grâce* [21]. Berlioz a trouvé effectivement, à partir des textes de l'office des défunts, un sujet de méditation sur le mystère de la mort, qu'il va étendre jusqu'aux confins des « espaces infinis » qui effrayaient l'âme imaginative de Pascal.

Dans la première partie, Requiem et Kyrie, il évoque l'angoisse profonde éprouvée devant ce repos immuable du définitif silence, liée à l'espoir d'une éternelle lumière. Cette perspective s'enchaîne à la supplication au Seigneur : la prière du Kyrie. Simplicité et austérité sont unies par une étrange élaboration des modes (ces vieux tons ecclésiastiques) et du chromatisme, traités dans une admirable sobriété de ligne. C'est ainsi que la phase initiale expose en larges arceaux mélodiques le thème principal du Requiem.

La deuxième partie fait suivre les images du Dies Irae que Berlioz commente avec une force et une vérité toutes dominicaines. Il a partagé cette célèbre séquence extraliturgique du XIIIᵉ siècle en cinq épisodes, dans lesquels il souligne les points qui lui sont chers (Nᵒˢ 2, 3, 4, 5, 6, de la partition).

Nᵒ 2. *Dies Irae* va commenter sur trois plans d'un basso ostinato dans les modes hypodoriens de la, si bémol et ré, coupés de fulgurantes parenthèses chromatiques, le jour de colère qui réduira le monde en cendres. A la troisième montée, éclate le fortissimo des trompettes retentissant jusque dans les tombeaux. Ce sont quatre orchestres de cuivres placés aux quatre angles de la masse orchestrale et chorale. Les voix graves clament le texte à l'unisson pour gagner bientôt le tutti du chœur. Et, brusquement, comme devant le gouffre du silence, la nature et la mort elle-même expriment leur stupeur.

Nᵒ 3. *Quid sum miser*, tout d'intériorité et de recueillement sur notre pauvre individualité dissoute, exprime l'humble prière du publicain à genoux au seuil du Temple. Berlioz éprouve la nécessité, pour perpétuer son cri, d'interpoler le texte original et d'exprimer déjà : *Recordare Jesu pie*...

Nᵒ 4. *Rex tremendae* reprend le cri unanime de l'immense assemblée évoquée par saint Jean dans l'Apocalypse : O Roi, ô Majesté redoutable. Cri d'effroi magnifique de l'Ancien Testament, mais qui ne peut résister à l'évocation du Christ Rédempteur. Il s'anime de joie, d'espoir et de sereine paix. Faisant allusion à nouveau au mystère de l'Incarnation, repris ici par toute la foule unanime, Berlioz insiste : *Recordare*... « Souviens-toi, Miséricordieux Jésus, que je suis la cause de Ta venue... » et, à la façon des tropes, relie ce verset très habilement au texte de l'offertoire, avec les images dantesques du lac profond du Tartare et les plaintes ouatées des âmes malheureuses tombant éternellement dans les ténèbres ²². Là, Berlioz, par une volteface sonore, s'arrache à la tentation du désespoir en reprenant le texte original du *Salva me fons pietatis* qui, par un suprême acte de foi, vient s'attacher à l'espérance.

Nᵒ 5. *Quaerens me sedisti lassus* laisse tout attirail instrumental pour chanter par le chœur, divisé en six parties, sans l'ombre de coquetteries d'écriture dans la teinte personnelle que savent prendre chez Berlioz les vieux modes : « Tu est tombé de fatigue à ma recherche, tu m'as racheté par le supplice de la Croix, que tant de peines ne restent pas perdues. »

No 6. *Lacrymosa*. Par une similitude de la construction, en basso ostinato élaboré par plans, exploitée au No 2, Berlioz dessine à nouveau ces flots tourbillonnants de grappes humaines emportées par le temps. Ce sont d'abord les ténors, les soprani, les basses... Silence général. Reprise avec un vague écho trompé par les basses. Ensuite, avec l'orchestre et des appels aux quatre orchestres de cuivres, la ronde triste s'accentue. Enfin les soprani et les ténors, puis les basses continuent la lancinante rengaine de plaintes, pour aboutir enfin, avec toute la masse des cinq orchestres et des chœurs, à la grande lamentation des exilés dans la vallée des larmes.

No 7. *Offertoire*. Autre masse suppliante. L'offrande et la prière des croyants. Admirable cortège sonore, lente procession musicale vers l'autel de Dieu, son Église préfigurée déjà par le sacrifice d'Abraham.

No 8. *Hostias*. Grand choral syllabique austère et profond de l'Église souffrante, expiante, et cependant toute proche de l'éternel Amour et de l'Unité. Berlioz ne craint pas d'avoir recours à un vieux procédé, ici magnifié : c'est une construction dans la forme des faux-bourdons en psalmodie sur deux notes, avec des ponctuations instrumentales en fin de phrase. Parmi celles-ci, on a relevé le passage célèbre pour flûte et trombone :

Nous croyons percevoir le chant de l'étrange assemblée des âmes. Berlioz en spécifie l'intention par un sous-titre : chœur des âmes du Purgatoire.

No 9. *Sanctus*. Berlioz, ici, exprime musicalement les chœurs des Séraphins et des Puissances célestes tout près de Dieu. La lumière de joie des élus inonde cette prière confiée au ténor solo : autre vision apocalyptique que cet amen de gloire.

No 10. *Agnus*. Se mêlent ici le chœur des âmes du Purgatoire par un subtil rappel de l'*Hostias* et, attentif au texte liturgique (*Te decet hymnus in Sion...*), Berlioz rappelle l'atmosphère du No 1, *Requiem*, qui s'affirme dans les rumeurs vieil or d'un amen de l'éternelle Lumière.

Il n'y a pas de théâtre dans cette œuvre, pas plus qu'il n'y en a dans les effusions religieuses si éclatantes du Père Lacordaire.

Berlioz avait espéré faire exécuter le *Te Deum* pour le couronnement de Napoléon III : déception ; pour le mariage de l'empereur : nouvelle déception. Finalement, il fut exécuté lors de l'Exposition universelle de 1855.

Te Deum op. 22

EXPOSITION UNIVERSELLE
VUE INTÉRIEURE DE LA GALERIE DES MACHINES PRÈS DE L'EXPOSITION ALGÉRIENNE.

Cette œuvre, la plus fastueuse que Berlioz ait écrite, demande 200 choristes pour un double chœur (six parties), un troisième chœur de 600 enfants, un orchestre colossal, comme en rêvaient Méhul et Lesueur, avec 25 premiers violons, 25 seconds, 20 altos, 20 violoncelles, 18 contrebasses, bois et cuivres par 8, grand orgue-orchestre style Cavaillé-Coll. Pour le *Prélude militaire*, 6 tambours militaires, et 12 harpes pour la *Marche finale* avec orchestre et orgue. C'est le chef-d'œuvre du genre de musique religieuse propre aux cérémonies nationales pour célébrer une victoire et, comme la *Symphonie funèbre et triomphale*, une musique à laquelle on doit assister. L'ouvrage s'ouvre par un *Prélude militaire* (N° 3), qui commente le thème principal du *Te Deum* chanté au N° 1 :

Après la succession des six parties de l'hymne d'action de grâces, la conclusion reprend les couleurs militaires et nationales dans une *Marche pour la présentation des drapeaux* (N° 8) : 9 mesures d'introduction, 42 mesures d'appels en fanfare auxquels vient s'adjoindre la reprise du thème initial du *Te Deum*. Là s'ajoutent l'orgue et les 12 harpes. Le *Prélude* et cette *Marche finale* sont facultatifs. Berlioz spécifie qu'ils sont obligatoires seulement *dans une cérémonie d'action de grâces pour une victoire, ou toute autre cérémonie se ralliant par quelque point aux idées militaires*. Nullement fait pour mettre des assistants en état d'adoration mystique, mais pour galvaniser leur joie en l'unissant à celle du Roi de Gloire, ce *Te Deum* va utiliser tous les moyens propres à frapper la foule : répétitions de motifs en surplace, oppositions de nuances, jeux des timbres martiaux, rythmes carrés. Pour attendrir cette assemblée, Berlioz joue des timbres touchants des voix enfantines et se permet quelque solo de bravoure (N° 6) qui, sans tomber dans l'emphase d'un *Minuit chrétiens*, peut pourtant toucher l'amateur de musique (entendre ici l'amateur de bel canto d'opéra). Puis, comme pour se faire pardonner cette licence, il efface la scène par deux lignes de chœur à cappella (fin du N° 6).

Toute l'œuvre est un chef-d'œuvre de musique religieuse populaire, propre à recueillir la nef de quelque immense basilique. Brückner et Mahler se souviendront de l'exemple de ce *Te Deum,* quand à leur tour ils en entreprendront la composition.

Les six morceaux qui forment l'œuvre ne se contentent pas de suivre la succession des versets de l'hymne. Comme pour le *Dies Irae* et la *Messe des morts,* Berlioz, avec raison, recompose le plan.

N° 1. *Te Deum* (versets 1 et 2). a) Entrées successives en fugato (sans prétention académique, car les entrées évitent le balancement monotone des Ier et Ve degrés) du premier verset aux deux chœurs. b) Entrée du deuxième verset en valeurs longues, en succession conjointe descendante formant un nouveau contre-sujet au thème initial du *Te Deum.* c) Reprise de l'entrée initiale en strette. Coda sur les éléments déjà entendus du deuxième verset en mouvements descendants modulant à contresens qui, au lieu de réaffirmer le ton principal fa, réserve une lumineuse conclusion en fa dièse majeur avec, bien entendu, les appels aux accords de septième diminuée.

N° 2. *Tibi omnes* (versets 3, 4, 5, 6, 7, 8, 9, 5, 6, 10, 11, 12, 13, 5, 6). La plus belle page de joie religieuse communicative qu'un musicien ait eu la grâce d'écrire. La construction, fort simple, utilise 5, 6 comme un refrain varié (Sanctus). Les autres versets utilisent un autre matériel, chaque fois métamorphosé par l'évocation à traduire. Ces variations apportent toujours plus d'intensité pour aboutir au dernier Sanctus (3e variation de 5, 6). Deux courts prélude et postlude à l'orgue et à l'orchestre encadrent ce morceau, dont voici le schéma :

x, a, a′, Sanctus. a², a³, a⁴. Sanctus varié. a⁵, a⁶, a⁷, a⁸. Sanctus varié. x′.

N° 3. Le *Prélude militaire.*

N° 4. *Dignare* (versets 26, 21, 26). Berlioz, dans cette prière, conjugue le souvenir des morts et des vivants en trois parties soudées qui déroulent de simples mélismes psalmodiques,

Dig.na.re, Do.mi.ne,   dig   .   na . re,   Do _ _   . mi . ne,

dont le chromatisme étrange se pousse du coude sur de longues tenues d'orchestre que les basses entonnent en faux-bourdon. On navigue ainsi dans les tons successifs, écartant tout appel aux dominantes :

Verset 26 : ré majeur, fa majeur, la mineur, do majeur, do mineur.

Verset 21 : mi bémol majeur, mi bécarre éclatant, do dièse mineur, la majeur.

Verset 26 : fa dièse mineur, ré majeur.

N° 5. *Christe Rex Gloriae.* a. versets 14.15, 17, 14.15, 17, 14.15 ; b. versets 16, 18 ; c. versets 18, 14.15. Superbe ré majeur – ton béni par Haendel –, qui débute et achève ce majestueux hommage au Roi de Gloire vainqueur de la mort, ressuscité et assis à la droite du Père. Berlioz partage et reconstruit l'ordre des versets où les Nos 14 et 15 reviennent périodiquement, appelant avec ces retours d'autres musiques. Trois grands épisodes : a) tutti, b) dialogue du ténor solo et des chœurs, c) tutti qui aboutissent par une longue coda au ton principal fortissimo dans un délire de joie extatique dont les effets vont saisir jusqu'au physique.

pour conclure par un groupe de cadences toujours fortissimo. C'est là le sommet de l'œuvre. Joie, joie et trépignements sonores de joie populaire avec des bonds rapides modulant d'un ton sur l'autre (cf. N° 23 de la partition de Breitkopf).

N° 6. *Te ergo quaesumus* (versets 20 et 28). Évocation dramatique d'un solo de ténor plus tourné vers les effets théâtraux des cantates d'église du XVIIIe siècle que les flots sirupeux, néo-gothiques de la seconde moitié du XIXe. Cet effet théâtral, Berlioz le recherche et l'atteint, comme il sait, en quinze mesures, rétablir la prière intense, dans le grand choral a cappella de la conclusion de ce N°.

N° 7. *Judex crederis* (hymne et prière versets 19.29, 22, 23, 24, 25. 19.29, 19.29). Merveilleuse utilisation de la plastique par entrées successives de la fugue, avec les divertissements en grand chœur syllabique. Le thème principal, le sujet, épouse parfaitement le sens des paroles : *La foi nous montre en Toi le juge à venir.*

Viennent les jeux de différents plans tonaux pour arriver à l'inouï *Non confundar* (Nᵒ 32 de la partition). Un épisode médian, confié aux soprani à l'unisson, exprime en forte successifs la louange glorieuse (Nᵒ 34 de la partition) avec à l'orchestre un nouveau motif en volée de cloches.

Reprise des versets 19 et 29 par un continuum rythmique incessant, tiré de la cellule initiale du début de ce Nᵒ :

qui, se chevauchant par glissements, amène l'isochromisme syllabique répercuté à la façon d'un magistral monôme clamé inlassablement dans l'attente d'une parousie.

La genèse de cette « trilogie sacrée » ou « mystère », comme l'avait tout d'abord imaginée Berlioz, est étrange [23]. L'ayant conçue et esquissée vers 1849, il entreprit quelques scènes [24] en 1850. Le petit chœur de *l'Adieu des bergers*, qu'il fit exécuter le 12 novembre 1850, sous le pseudonyme de Pierre Ducré, maître de la musique de la Sainte-Chapelle de Paris (1669), obtint un très vif succès. La supercherie ne fut même pas découverte et, encouragé par ce ballon d'essai, Berlioz composa alors *le Repos de la sainte Famille*, donné à Bâle en 1852, qui comprend une introduction symphonique. Il composa par la suite *l'Arrivée à Saïs*, dont les épisodes forment une admirable légende, à la façon de certains évangiles apocryphes du Moyen Age. Enfin, en 1854, il écrivit *le Songe d'Hérode* qui prit place au début de cette sorte d'oratorio réaliste en trois parties.

l'Enfance du Christ, op. 25

L'effectif orchestral [25] et vocal est des plus réduits : cinq solistes, sainte Marie, saint Joseph, Hérode, le père de famille, le récitant. Les chœurs, composés surtout de voix d'hommes comme au XVIIIe siècle, sont censés illustrer les personnages secondaires comme les soldats romains, les bergers, les Égyptiens, les Ismaélites et... un chœur d'anges.

Première Partie : *le Songe d'Hérode*. Elle s'ouvre sur une brève introduction narrative qui situe, à la façon des oratorios de l'école de Carissimi, l'histoire sacrée dans le temps. Une marche nocturne évoque ensuite la garnison romaine qui apporte quelques confidences sur le roi Hérode. L'action est transportée dans le palais de ce dernier. Hérode (qui s'exprime dans le délicieux phrygien, mode de mi : *O misère des rois*) veut conjurer les hallucinations qui l'assaillent continuellement. Arrivée des devins qui, à la façon des derviches tourneurs, font des évolutions cabalistiques sur une danse à sept temps. Résolution d'Hérode d'accepter le remède indiqué par la docte assemblée : le massacre des innocents. La seule page violente de toute l'œuvre, page rapide mais cruelle. Berlioz l'efface par la vision de l'étable de Bethléem. Délicat tableau d'une candeur miraculeuse : Marie, Joseph invitent tour à tour l'Enfant Jésus à donner de l'herbe tendre aux agneaux. Un chœur d'anges invisibles donnent alors l'ordre à la sainte Famille de fuir en Égypte.

Deuxième Partie : *la Fuite en Égypte*. Cette partie est très courte par rapport à ce qui précède et suit. Elle débute par une ouverture instrumentale fuguée à quatre parties, dans le style pastoral très XVIIIe siècle, dans laquelle n'interviennent que les bois et les cordes. La structure, finement élaborée en quatre sections, vaut la peine d'être analysée :

1. Exposition à cinq entrées d'un sujet en fa dièse mineur (hypodorien, mode de la) de 8 mesures :

divertissement issu du sujet très déformé (36 mesures).

2. Mes. 37. Réponse, sujet, réponse toujours dans le ton principal amènent une reprise de I°, mes. 17.

3. Mes. 68. Entrées successives partant du sujet du relatif majeur s'étageant par quintes successives en une façon de strette pour aboutir à un conduit divertissant.

4. Mes. 84. Un nouveau thème :

ramène la conclusion (mes. 101) par le retour au ton principal. Entrée du thème initial toutes les deux mesures au I°, IV°, I°, V°. Longue coda (mes. 120) où Berlioz s'amuse à archaïser après une cadence plagale en faisant des séries d'enchaînements du I° au III°. « Une fugue sensible élaguée de sensible / Agreste ritournelle / Des hautbois et clarinettes »... comme le dit Alain Messiaen dans le poème qu'il a consacré à *l'Enfance du Christ*. Le rideau s'ouvre sur le chœur des bergers faisant leurs adieux à la sainte Famille, accompagné d'un petit orchestre agreste de musettes et de chalumeaux (hautbois et clarinettes). Ce chœur n'est pas un choral, ni même un motet style XVIIIᵉ. C'est une sorte de noël mi-paysan, mi-populaire dans un style romance, pastiche délicat que recherchera plus tard Ravel pour « l'Enfant et les sortilèges ». Les trois strophes de ce cantique sont suivies d'un commentaire instrumental : *le Repos de la sainte Famille*. Il est construit en deux sections : a) dialogue des bois et des cordes ; b) périodes de 12 mesures répétées trois fois avec trois terminaisons différentes. Le récitant prend la parole et décrit le lieu verdoyant trouvé par Marie pour faire halte. L'orchestre, pendant ce récit, fait des commentaires sur a et b entendus précédemment. Conclusion séraphique d'un petit Alleluia, chanté par un petit chœur d'anges (4 soprani, 4 alti).

Troisième Partie : l'Arrivée à Saïs. L'arrivée est commentée par le récitant. Berlioz se sert encore du procédé de la fugue dont le sujet est issu du même thème (1ᵉʳ exemple p. 142) qui débutait la deuxième partie :

Ici, les cinq entrées sont partagées entre le récitant et l'orchestre. Berlioz construit cette nouvelle fugue selon la structure tripartite suivante : a) exposition, b) relatif libre commentaire, a) retour au fugato - qui illustrent : a) la marche pénible dans le désert, b) la sérénité de Marie, a) reprise de la marche. Un récit descriptif de Saïs joint cette fugue et les deux scènes suivantes.

La scène I se passe à l'intérieur de la ville de Saïs. La sainte Famille entreprend par trois fois la pénible démarche pour demander asile. Elle finit par trouver la maison d'un charpentier ismaélite. Très serrée thématiquement, cette scène découpe les trois épisodes par des chœurs de construction assez libre.

La scène II (la maison du charpentier) débute par un arioso (solo du père de famille) qui laisse sourdre une amorce de thème de fugue :

qui progressivement va faire ses entrées, 23 mesures plus loin, avec les membres de la famille qui viennent tour à tour s'occuper des nouveaux arrivants plus morts que vifs. Tout cela forme un chœur léger et rythmiquement de plus en plus animé. Cette grande fugue, à deux contre-sujets, semble activer les personnages, avec tous les ressorts du procédé, quatre divertissements, marches harmoniques, strette et transformation du sujet.

De la conclusion de ce chœur à quatre parties renaît une deuxième fugue instrumentale :

pendant que les uns s'occupent de Marie, les autres de Joseph. Un joli dialogue de ce dernier avec le père de famille nous apprend la résolution des voyageurs de demeurer chez les Ismaélites. Un concert clôt cette heureuse décision. C'est l'épisode fameux du *Trio pour deux flûtes et harpe*, dont la forme générale est assez singulière : elle compte deux danses de forme concentrique gauchie :

$$ABA + ABCBAbcbc + A$$

Un dernier récit laisse entrevoir une plus haute leçon, celle de la Rédemption future, et l'œuvre se termine par un grand chœur a cappella, greffé très habilement sur un motif amorcé par le récitant :

O mon âme, que reste-t-il à faire, qu'à briser ton orgueil devant un tel mystère, qui va s'achever par un sobre amen (non fugué) comme les désirait Berlioz.

Dans cette dernière œuvre religieuse, le merveilleux a supplanté le fantastique : merveilleux fait de douceur et de tendresse. A partir de celle-ci, Berlioz risque une profusion de détails pittoresques inconnus avant lui dans l'oratorio. Ce n'est cependant pas là du théâtre, mais une façon nouvelle de raconter l'histoire sacrée, comme les *Fioretti* de saint François sont une façon nouvelle d'écrire la chronique d'une vie communautaire. Quelle étonnante profusion de petites scènes dans *l'Enfance du Christ* : la ronde de nuit des soldats, les évolutions cabalistiques, les scènes de l'étable de Bethléem, l'ouverture de la fuite en Égypte, les ritournelles des hautbois des bergers, les scènes à Saïs, les coups frappés à la porte des maisons, les danses des enfants ismaélites...

Par ailleurs, Berlioz donne à ses personnages un relief psychologique étonnant, comme cette figure du roi Hérode qui, à force d'être inquiet et dominé par la peur, devient l'effroyable auteur de ce massacre d'enfants.

Extrait de la Bible illustrée de Blake : la fuite en Égypte.

Il reste à souligner surtout la grâce étonnante de Berlioz dans l'expression des tableaux mystiques, par exemple la scène VI, conclusion de la 1re partie, qui vous fait assister à une conversation de la sainte Famille avec les anges. Berlioz recrée ici, à travers son texte, une mélodie quasi liturgique : *...Vers l'Égypte, il faut fuir...*, et dans l'hosanna qui suit, il rejoint curieusement l'esprit musical d'un amen grégorien.

Il est étrange enfin de surprendre Berlioz « librettiste », en train d'écrire le texte d'une prière dans le chœur final : *O mon âme*, aveu dernier d'une « sagesse » et d'une « liturgie intime » impossibles à cacher... Il y a mille et mille formes d'expressions religieuses. Elles se reconnaissent à un seul signe : la vérité de l'accent et non la soumission au rituel.

Lith. de

Qui j'aime cette heure rêveuse,
Où l'horizon devient vermeil,
Où dans la mer silencieuse
Se plongent les feux du soleil.
Alors dans mon ame rêve
Se lèvent les deux souvenirs,
Alors vers l'aube de ma vie
Où pur s'envolent les soupirs

Neuf Mélodies imitées de Thomas Moore

par **T. GOUNET,**

mises en musique par H. Berlioz.

Les mélodies

e terme « mélodie » a été employé pour la première fois par Berlioz lorsqu'il publia ses *Neuf mélodies irlandaises* en février 1830. Les compositeurs sérieux de la fin du XVIIIᵉ siècle, et jusqu'à Louis-Philippe et Charles X, écrivaient plus volontiers des *romances*, qui sont toutes de la mélancolie en strophes : Gossec, Grétry, Dalayrac, Cherubini, Méhul, Boieldieu et Martini, l'immortel auteur de « Plaisir d'amour », se sont appliqués à ce genre très différent des vaudevilles, chansons d'amour, chansons à boire, chants de métiers, brunettes, etc. qui, alors, n'étaient que de la petite musique.

Les écrivains favoris, avant 1830, étaient Florian [26], l'auteur des paroles de « Plaisir d'amour », Fabre d'Églantine, l'auteur toujours à la mode de « Il pleut, il pleut bergère », Marie-Joseph Chénier, spécialiste des beaux chants révolutionnaires comme « le Chant du départ ». Parmi la génération suivante, Chateaubriand, peu enclin à chansonner, a écrit pourtant : « Combien j'ai douce souvenance », Lamartine laissa, en 1823, Niedermeyer composer une « Méditation poétique » sur « le Lac ». Béranger [27], enfin, fournit les textes innombrables des chansons sentimentales parées des plus belles illusions, dans le style de « la bonne poésie de famille ».

Berlioz, dès 1826, écrivit deux romances dont les paroles sont anonymes : *Toi qui l'aimes, verse des pleurs*, et *le Maure jaloux* [28]. Il laisse encore trois duos [29] dans le plus pur style romance dont nous avons évoqué déjà les vertus.

En 1830 donc, Berlioz écrivit et publia les *Neuf mélodies irlandaises,* op. 2 bis. Incomparablement supérieures aux pièces de 1826, elles restent bien dans la mode larmoyante à couplets. Les poèmes, tout à fait couleur du temps, sont de Gounet et, de très loin, inspirés de Thomas Moore. On y sent la griffe mélodique de Berlioz (les sauts de quarte, l'enharmonie qui fait enjamber les tonalités). *Élégie,* la dernière pièce du recueil, est ce qu'il y a de mieux... on recherche avec douleur le Berlioz des *Huit scènes de Faust,* op. 1.

En 1832, c'est *la Captive,* sur une poésie de Victor Hugo, et *le Jeune Pâtre breton,* qui prendra place au N° 4 des *Fleurs des landes.* Ces deux œuvres ont été chantées aux Concerts du Conservatoire, le 23 novembre 1834, par la Falcon. Berlioz s'en tient toujours à la teinte tiédasse, écœurante, de la romance, toujours à la mode dans les salons parisiens [30].

En 1834, Berlioz écrivit un cycle de six mélodies sur des poèmes de Théophile Gautier : *les Nuits d'été,* op. 7, orchestrées somptueusement en 1856. Pour celles-ci, il osa sortir carrément du cadre larmoyant de la sensibilité d'un salon cultivé où se côtoyaient sans se reconnaître des Madame Bovary et des Tartarin de Tarascon! Les mélodies sont toutes charmantes (*Villanelle, l'Ile inconnue,* cette dernière fut reprise par Gounod), ou sincèrement émouvantes (*le Spectre de la rose, Sur les lagunes* – repris par Fauré dans le « Lamento » – *Absence, Au cimetière* – repris par Fauré). Avec ce recueil très important est née la mélodie française : Chabrier, Duparc, Fauré... sont déjà annoncés. Berlioz a laissé ses gants jaune paille et sa canne de dandy. La romance ici est définitivement écartée. Que certaines de ces mélodies (*Villanelle, Absence*) obéissent à la formule à reprise et à couplets, qu'importe? Schubert, [31] en l'utilisant presque systématiquement – et avec quel parfum! –, dans son dernier recueil du « Voyage d'hiver », n'a-t-il pas laissé une œuvre extraordinaire? Dans *les Nuits d'été,* Berlioz est aussi extraordinaire par l'équilibre plastique de la mélodie chargée du texte, et de l'accompagnement libéré de ses servitudes.

LA MORT D'OPHÉLIE

Hélas, Berlioz reprendra le collier des larmes et les quatre sous de poésie pour les deux recueils suivants, composés entre 1834 et 1850, qui sont très en marge de ses vraies préoccupations musicales. Se croyait-il obligé à la niaiserie dès qu'il abordait l'entreprise d'une mélodie à livrer à des âmes sensibles ? Il faut le croire, puisqu'il prend soin de publier en 1850 *Fleurs des landes*, op. 13 (cinq mélodies dont *les Champs*, 1834), aubade sur un texte de Béranger, *le Matin, le Petit Oiseau, le Chant des Bretons* (1850) et *Feuillets d'album*, op. 19 (six mélodies dont *la Belle Isabeau*, 1844, poésie d'A. Dumas, *Zaïde* (boléro), 1845, *la Prière du matin* sur le texte célèbre de Lamartine). Ces deux recueils peuvent être rangés parmi les autres œuvres de « circonstance » pour voix et orchestre, sur lesquelles il est inutile aujourd'hui de s'appesantir, comme *Vox populi*, op. 20, réunissant deux œuvres pour chœur et orchestre : *Hymne à la France* (1844) et *la Menace des Francs* (1851) ; *le Chant des chemins de fer*, pour solistes, chœur et orchestre, texte de J. Janin, exécuté le 14 juin 1846 pour l'inauguration des Chemins de fer du Nord [32] ; un chef-d'œuvre inconnu, exilé parmi ces travaux des jours : *la Marseillaise* harmonisée pour double chœur et grand orchestre, pièce splendide écrite en 1830 et dédiée à Rouget de l'Isle.

« Certainement l'inspiration existe.
Et il y a un point phosphoreux où toute la réalité se
retrouve mais changée, métamorphosée — et par quoi ? ?
— un point de magique utilisation des choses. Et je
crois aux aérolithes mentaux, à des cosmogonies
individuelles »   (A. ARTAUD.)

Berlioz   aujourd'hui

 lioz, toujours possédé par quelque « idée fixe »,
a fait éclater à propos de tout et de rien un
univers sonore inouï. Boschot ne déclarait-il
pas que la musique de Berlioz est en quelque
sorte son « journal intime » ? Mais voilà qu'un jeu de cache-
cache s'organise à la recherche des vrais modèles. Savoir qui
fut la « bien-aimée lointaine » qui a si bien inspiré Beethoven,
ne nous renseigne en rien sur sa musique. A propos de celle
de Berlioz, il faut supprimer l'écran des faits divers, passion-
nants d'ailleurs, pour tenter de mieux l'entendre et parvenir
enfin à l'écouter : recevoir ce temps musical vécu intensément,
à chaque détour *acharné à reproduire le sens de son sujet*
(*Mémoires*, II, p. 351).

Dans ce désir d'arriver à l'expression parfaite, Berlioz doit
d'abord mimer l'action, être hanté par l'état d'âme des personnages ou des lieux, et parvenir par là à s'identifier physiquement avec le va-et-vient sonore. « Idées fixes », idées
chères autour desquelles un cycle de retrouvailles s'émancipe
dans un « ailleurs » mobile et changeant. C'est l'image de
l'éternel féminin qui apparaît, disparaît et change à travers
la comédie humaine. Ce sont Harold, Roméo, qui tentent de
s'inscrire dans le présent. Ces êtres de fiction s'évanouissent
et s'estompent jusqu'à la pure émotion, la trace d'un parfum
sonore concrétisé par des thèmes musicaux plus souples

qu'un leitmotiv fonctionnel installateur : simples gestes, ils conduisent autant qu'ils sont conduits dans la forme musicale évoquant les lieux. Là, Berlioz organise leur métamorphose, leur retour, ou évoque délicatement une bribe de souvenir par le truchement de deux ou trois intervalles.

A la fois possesseur et possédé de musique, pour lui intériorité et extériorité sont un même pas. A quoi bon alors rechercher l'exacte trace des « correspondances »? L'imprévu et la liberté de l'anecdote sont là, inscrits dans l'avènement mélodique, rythmique et harmonique, saisis dans telle forme orchestrale vivante.

C'est au ton local de tel sujet qu'il doit obéir pour forger « l'expression acharnée ». D'où le riche éventail des différents mélismes : vieux fonds personnel repris et tiré d'ouvrages anciens de la première adolescence *(la Romance d'Estelle, le Quintette)*, emprunts très souples aux vieux modes diatoniques *(Autrefois le roi de Thulé)*, aux échelles défectives exotiques (évocations cabalistiques des devins dans *l'Enfance du Christ*), aux chants d'oiseaux (scène de la chasse des *Troyens à Carthage*), aux modes grecs (chœur des Troyennes du second tableau, scène I de *la Prise de Troie*), aux thèmes populaires profanes ou religieux (la *Marche hongroise*, le *Chœur des bergers*), jusqu'au pastiche, avec quelle inconsciente sérénité, du bel canto italien de Spontini, voire de Bellini (l'ariette d'Arlequin dans *Benvenuto* et toute la dentelle humoristique à laquelle on aurait tort d'ajouter la moindre note de musique, dans *Béatrix et Bénédict*).

« Un rossignol colossal, alouette de grandeur d'aigle », tel l'a deviné Henri Heine. Il est vrai que *ces mélodies sont si dissemblables des petites drôleries appelées mélodies par le bas peuple musical, qu'il ne peut se résoudre à donner le même nom aux unes et aux autres. (Mémoires, II, p. 361.)*

Que dire alors des mobilités mélodiques du développement où, comme le dit Schumann, « chaque phrase, chaque son pris isolément est si frémissant d'intensité »? Berlioz va les perpétuer, par l'élaboration rythmique et harmonique, jusqu'à l'élargissement au quasi total chromatique, faisant appel alors à deux types de procédés : la large courbe dans laquelle l'arc mélodique exprime tout son fait (les vingt premières mesures du N° 2 de *Roméo et Juliette*) ou la petite cellule d'intervalles de demi-ton dont les diverses jonctions s'étendent, multipliées en réseaux variés, sans plus d'égard au matériel diatonique couplé sur deux tétracordes (l'introduction du premier mouvement d'*Harold en Italie*).

Ailleurs, c'est la rupture avec les méthodes traditionnelles du développement. Il faudra attendre la période contemporaine pour que ces nouveaux compas soient adoptés et justifiés de façon bien évidente : ordonnance par juxtapositions ou rappels de différents épisodes musicaux (scène d'amour dans *Roméo et Juliette*) ; donnée simultanée de deux musiques en surimpression (cf. par exemple la deuxième réexposition de Roméo seul au N° 2 de *Roméo et Juliette*) ; jeux mélodiques autour d'un accord pivot (tout le deuxième mouvement de *Harold en Italie*) ; élaboration rythmique en entrées disparates, outre les augmentations et les diminutions classiques, ainsi que les superpositions de rythmes binaires et ternaires (ronde de sabbat dans la *Symphonie fantastique*) ; l'antécédent d'une proposition n'est plus astreint à un conséquent immédiat, mais reporté plus loin en figure de parenthèse sous forme de commentaires variés, de sorte que la suite des événements musicaux semble retrouver la liberté d'une logique temporelle propre aux cours capricieux de la destinée, ou mieux encore à ceux du monde des rêves (songe d'une nuit de sabbat).

Schumann demeure ébloui par tant de hardiesse de la forme, et y voit même une évolution nécessaire du langage musical qui s'achemine ainsi vers son principe originel au temps où les lois de la carrure rythmique ne pesaient pas encore sur lui, et qu'il était le souffle poétique par excellence. « Der Dichter spricht! » Retrouver l'innocence de l'élan premier !

Berlioz est très conscient de toutes espèces de routines dans lesquelles la musique peut se réfugier quand les conventions deviennent lois et les systèmes abris justificatifs. Il les dénonce en termes clairvoyants à plusieurs reprises dans ses *Mémoires* et dans ses lettres. Il rêvait, par exemple, de créer une *classe de rythme* au Conservatoire, afin de raviver la conscience des jeunes musiciens. Sans même soupçonner l'existence des *talea* subtiles, chères aux rythmiciens d'Ile-de-France et de Champagne des XIIIe et XIVe siècles, il recherchait obscurément une méthode au développement libre de superpositions rythmiques irrégulières, à partir de ce qu'il appelait *harmonie de rythme* (*Mémoires*, II, p. 196 et 241), rénovant inconsciemment l'esprit isorythmique jadis si précieux à Machaut. Mais c'est à propos de l'harmonie traditionnelle, des enchaînements d'accords et du résultat stupéfiant des mélanges que Berlioz est le plus discuté.

Si l'on entend par harmonie la bonne ligne des basses, passeport chiffré à l'intention des accords placés sous un chant, et qui en terme scolaire est reconnue comme « harmonie vraie », on comprend quelques ahurissements de la part des musiciens à la plume de sergent-major. Il y a effectivement maints passages brossés à l'ours sous d'équivoques mélodies et d'autres fort simplistes qui par ailleurs se rapprochent bien du style des idoles italiano-parisiennes de l'époque. Il est vrai que ces champions du bon goût prenaient tant d'égards à dérouler dans un diatonisme de stricte observance de tels prodiges de fadeur mélodique, en vertu de je ne sais quelle clarté, quel naturel, qu'il n'y avait là aucun risque de porter ombrage au discret ronron d'arpèges et de batteries, tantôt tonique et tantôt dominante, avec bien entendu l'aménagement d'un appel coquet au cinquième degré. Les affinités avec les différents modes étant définitivement écartées par la suprématie des tons voisins hiérarchisés, il était bien compréhensible de n'entendre, dans le cercle des correspondances découpé en quintes successives, qu'une dominante possible. Par bonheur, Lesueur et Reicha sauront fort bien expliquer à leur élève l'antique saveur du diatonisme que révèle l'échange subtil des diverses prédominances possibles contenues dans les modes liturgiques et défectifs. Avec les progrès de la musicologie, la méthode de Lesueur paraît aujourd'hui un peu suspecte ; et la mise à jour de tout un passé musical « archaïque » a fait mieux comprendre l'intention subtile que révèle l'exécution des harmonies des XVIe et XVIIe siècles, jouant très précisément sur des constellations de « tons dominants », dont les unités ne laissent pas de « s'interactiver » dans un va-et-vient continu jusqu'à la conclusion définitive. Cela fait bien comprendre (faut-il le répéter pour ceux que travaille le miracle des précurseurs et la recherche des bons ancêtres ?) que rien ne saurait manquer à l'intuition des grands, puisque, même aux plus belles heures de la théorie musicale franchement établie sur les vertus solides et indéniables de la gamme majeure, jamais la musique ne s'est satisfaite totalement de la restriction diatonique. Cette restriction n'a été qu'un postulat suprême jeté sur le monde des sons, une attitude pratique justifiée seulement pour la meilleure mise en œuvre, et pour aller de nouveau plus loin. Elle va permettre effectivement de reposer, en toute lucidité cette fois, la question subtile des nuances modales, en y appropriant dans des conjugaisons nouvelles un égard aux douze sons.

L'évidence de cette appropriation éclate dans l'acceptation d'un chromatisme de moins en moins ressenti comme le simple agrément supplémentaire, voire « accidentel », une « feinte » pour colorer le langage, mais comme une nécessité vivante réintégrée au vocabulaire diatonique de stricte observance.

Malgré les travaux théoriques et les recherches d'une vérité scientifique, il n'est pas un musicien sérieux de l'époque dite « classique » (et c'est là le drame sublime de Rameau) qui n'ait joué, partant précisément du diatonisme, à réapprivoiser la richesse passée des modes, et cherché des équivalences par le biais du nouveau terrain d'entente (ne serait-ce déjà qu'au stade des modulations et des emprunts) apporté par la reconnaissance d'un chromatisme enfin tempéré. C'est toute l'affaire du style et la marque du génie personnel. On constate, par exemple chez Couperin, un penchant certain pour les subtilités tonales volontairement attachées aux modes, alors que cette distinction très nette entre mode et ton va s'entrouvrir chez Rameau au profit du plan des modulations. Le fait, pour ce dernier, d'avoir établi d'un côté : mode (lié aux intervalles choisis pour combler l'octave, à la conception d'une échelle particulière), d'un autre :

GRAND

TRAITÉ

D'Instrumentation et d'Orchestration

MODERNES,

Contenant :
Le tableau exact de l'étendue,
un aperçu du mécanisme
et l'étude du timbre
et du caractère expressif
des divers instrumens,

accompagné
d'un grand nombre d'exemples
en partition, tirés des
Œuvres des plus Grands Maîtres,
et de quelques ouvrages inédits
de l'Auteur.

DÉDIÉ À SA MAJESTÉ

FRÉDÉRIC GUILLAUME IV

ROI DE PRUSSE.

PAR

HECTOR BERLIOZ.

Œuvre 10.me

A. Vialon.

Prix 40.f net.

PARIS,

SCHONENBERGER,

Éditeur de Musique, Boulevart Poissonnière, N.º 28.

Londres, chez Addisson et Beale   traduit en Anglais par G.Osborne.

Milan, chez J. Riccordi   traduit en Italien par Mazzucato.

S. 996.

1843

ton (fixer sans ambiguïté la note tonique par un agencement précis de sons couvrant l'octave), permettra, en élargissant et en regroupant ces deux considérations à d'autres systèmes équivalents (modes dits exotiques ou défectifs), d'en arriver aux constatations utilisées par Debussy et en partie systématisées par Messiaen.

Autre démarche chez ceux qui, plus volontiers, s'orientent dès le départ sur le seuil des douze demi-tons : sauvegardant au mépris du diatonisme le profil intervallique d'un motif premier, par l'utilisation de notes « étrangères » au ton pressenti, ils recréent par un chemin inverse l'ambiguïté tonale révélée par les modes. C'est l'immense vision de Bach, reprise plus ou moins consciemment à différents relais (tous les romantiques allemands et Chopin iront puiser à ce ruisseau) jusqu'à Wagner, et que plus tard Schœnberg, vers la cinquantaine, codifiera par un nouveau postulat : la série. Conclure de cela que le génie français n'a pas la tête chromatique : schématisme paresseux! Il a suffi d'une fois : Berlioz! « Berlioz bien plus loin de Bach et de Mozart que Wagner, moins tonal que Wagner », comme le déclarait Debussy à Ernest Guiraud en 1889.

Berlioz, dès son adolescence, en dehors de toute recette d'école, ne se satisfait pas du jeu presque automatique des trois degrés fondamentaux, ne tente cependant ni de spéculer sur la théorique substance, *Traité* de Rameau en main, ni (Ô jeunesse studieuse des enfants sages) de prendre les modèles de quelque grand patron comme Bach ou Hændel dont il a sur son piano les solutions. O Félix Mendelssohn! Il rêve sur quelque écho modal entendu à l'église, ou sur les morceaux choisis de sa méthode de flûte ou de guitare. Plus tard, après les larmes brûlantes et les copies studieuses des partitions du classique chevalier Gluck, les leçons-promenades au jardin des Tuileries avec Lesueur sur la symbolique mélodique, il découvre « l'immense Beethoven », le Beethoven des derniers quatuors et des dernières sonates, où tout éclate, et dont il décrit admirablement le feu, en termes de clinicien, gardant courtoisement sous silence ses propos de table de travail. Il est convaincu, désormais (ses quatre symphonies et ses ouvertures nous le prouvent aujourd'hui), de l'étroitesse inutile d'une conception formelle toujours établie sur la cohésion d'une tonique omniprésente, omnipotente, omnibus.

Au stade de la thématique, il va utiliser deux méthodes pour camper *l'expression passionnée* : les modes et le souple cortège des douze sons de la gamme. Sa vie durant, Berlioz jouera tantôt sur l'un, tantôt sur l'autre des deux aspects offerts par la restriction diatonique. A partir de celle-ci qui, par égard au tétracorde, ne peut prendre pour tremplin que les trois rois mages de la tonalité, le compositeur doit jouer. Il peut seul décider de la meilleure saisie pour la partie. Ce choix consenti, il devient un « cas » dont la musique révèle la nécessité, en dehors de toute emprise technique d'époque ou de mode. Il faudra attendre l'entre-deux-guerres pour entrevoir comment l'opération, amorcée depuis l'emploi du tempérament, qui consistait à opter soit plus carrément pour l'aspect des modes, soit pour celui des douze demi-tons, est somme toute convergente, bien que partant de conceptions techniques autrefois bien distinctes.

Et c'est d'après l'œuvre faite qu'on a constaté l'émancipation des modes dans le total chromatique, réalisée par les chefs-d'œuvre de Bartok, et, inversement, la restriction à telle cellule intervallique fixe réintégrée au sein des douze sons, chez Webern.

Pour Berlioz, la saisie est autre. Modalités et chromatisme vont s'échanger par alternance suivant un propos précis ; modalité inventée, chromatismes disjoints vont détailler une nouvelle richesse à la liberté du discours. Vertu pour les uns, inconscience formelle pour les autres, d'où le quiproquo du « cas Berlioz ».

Le camp des sages trouve son diatonisme suspect et des plus mal sertis harmoniquement, faute de n'avoir point suivi les deux profondes ornières de dominante et sous-dominante du chemin tonal qui découpe harmoniquement en deux morceaux égaux (do, ré, mi, fa – sol, la, si, do) les huit sons mélodieux permis dans l'octave, et, mène, sans le moindre péril musical, aux carrières académiques du temps.

Les aiguilleurs du renouveau, du ton neuf, estiment son chromatisme illégal (il le sera avec Franck et bien sûr Wagner) puisqu'il emploie à dissoudre encore davantage l'image sacro-sainte des deux tétracordes de la gamme, et conduit fatalement (plus de gamme, plus d'accord, plus de musique) dans les ténèbres extérieures à toute composition sérieuse, laquelle se veut musique pure grâce à son catéchisme mélodique et harmonique.

On peut d'abord reconnaître que Berlioz utilise de l'harmonie tous les artifices mentionnés jusqu'aujourd'hui dans les traités : accords sur pédale, dissonances non préparées, appogiatures non résolues, résolutions exceptionnelles, modulations libres, auxquelles il ajoute *l'accord de bruit* et *l'unisson de bruit* qui révèlent *un charme singulier... et même quelques vagues et secrètes harmonies* (*Traité d'orchestration*, p. 281). Cela laisse deviner que pour Berlioz le rôle harmonique est d'abord directement lié au timbre qui *projette* « l'accord », *décide* sa forme et *motive* sa position dans le discours.

Ces trois étapes dont nous précisons les entrées sont bien différentes de la leçon d'harmonie paraphinée, blanchie, faute de mieux, sur un piano, à l'école où l'on n'a pas astreint l'harmoniste à aborder, d'une même oreille studieuse, l'étude des registres des instruments et l'aspect des accords. L'étude parallèle de leur formation, liée à celle de l'instrumentation – le langage et l'orchestration venant après – révèle ainsi la vraie disposition à respecter la véritable dynamique, le juste accent, saisis en fonction de tel attirail sonore. Négliger cet attirail, c'est tourner le dos à l'univers berliozien.

On va nous objecter l'œuvre de Ravel, tour à tour pianistique et orchestrale : c'est l'exception qui convenait à ces faits, mais qui disparaît pour bon nombre de ses œuvres, « la Valse », « Daphnis et Chloé », « l'Enfant et les sortilèges », où le piano est resté modeste serviteur. Et le spécialiste à son piano a beau rire des soi-disant pauvretés de Berlioz ; qu'il retourne à sa grave leçon et s'exerce en chambre sur des formules d'enchaînements de toutes espèces. Il ne sait qu'une harmonie « à blanc ». Le coloriage instrumental, même de confection, n'est jamais sans danger. Plaqué après coup, il n'opérera aucun miracle orchestral, si tant est qu'il puisse encore sauvegarder l'élaboration verticale savante, révélée sur le clavier. Les diverses solutions de Fauré, toujours à quatre étages, respectées aussi bien par ses orchestrateurs (hélas, trois fois hélas!), cernent de traits de plomb sa musique qui n'est plus là à sa vraie place.

Pour Berlioz, l'accord n'est pas une agrégation verticale de sons homogènes maniables sur les touches d'un piano. C'est un objet vivant qui s'anime déjà à travers tels corps sonores réunis en diverses positions pour les besoins de telle cause harmonique. L'assignation graphique rassurante à l'oreille pianistique est ici lettre morte. Pour éviter tout mal-entendu sur le vocable « timbre » qui est vague, nous lui préférons son cousin germain plus coloré et parlerons à propos de l'harmonie de Berlioz de « Klangfarbenharmonie », puisque tel accord sur le piano (lequel ici est un intrus) n'a eu sa raison d'être qu'en fonction de cette « harmonie d'orchestre » par laquelle il a pris naissance. Élection délicate, écriture délicate, jeu dangereux, sur quoi l'art du chef d'or-chestre, *agile et rigoureux qui doit voir et entendre* (*Traité*, p. 299), est définitif. Précisons : il devient parfois impossible d'avoir une idée sonore claire sur partition, qui, ne l'oublions pas, n'a jamais été une fin en soi. Il ne faut juger ni à la lecture, que l'esprit ici ne peut regrouper faute de clichés préalables, et encore moins par quelque réduction pianis-tique, mais au pupitre, baguette en main, partageant la partition en divers groupes, et travailler l'orchestre comme *un grand instrument* (*Traité*, p. 293). Comme à travers l'appa-rent fouillis des vagues et des mâts qui savent porter au vent la toile nécessaire, le mouvement musical s'organise et l'élé-ment sonore supporte la symphonie par divers points précis. *C'est ici le lieu de faire remarquer l'importance de divers* points de départ des sons, déclare Berlioz en soulignant les termes *points de départ des sons* (*Traité*, p. 295). Voilà retrouvée la stéréophonie des ensembles princiers des cours italiennes de la fin de la Renaissance, qu'il est insensé de deviner par un jugement sur clavier. C'est juger d'un albatros au Jardin des Plantes. O miracle des partitions polychorales du xvie siècle, où un enchaînement banal d'accords parfaits répartis avec conscience aux différentes masses n'est plus celui de l'élémentaire exercice d'harmonie ! La résonance, jugée de prime abord simpliste, n'est pas faite pour la réflexion d'une table d'harmonie de piano, si captivante soit-elle, – Beethoven le premier, tout sourd qu'il deviendra, en aura multiplié les effets – mais pour la sympathie acoustique de tout le plateau de l'orchestre qui, comme un grand violon, doit ajuster son âme. Malgré le papier, les signes et les conventions, la musique résonne ailleurs, et c'est « l'ailleurs » qu'il faut ménager.

Permettons-nous une comparaison. Au piano, l'assignation sonore communiquée par les touches va être comme auréolée de subtiles harmonies de résonances étrangères à la partition, par la présence discrète de toutes les cordes qui ne sont pas sourdes. Les œuvres pianistiques savent profiter ou écarter ce phénomène propre à un instrument percutant, mais riche d'échos parasites de toutes sortes. Ces couleurs délicates rappellent les séductions de l'aquarelle, où l'habileté oriente les caprices d'une eau vive sans les brider et s'offre, quel que soit le sujet, des jeux d'infinies transparences. A l'orchestre, il ne s'agit pas d'opérer, par gonflage instrumental, la projection rigoureuse d'une partition propre à l'écriture du piano. Il faut, partant des mêmes signes d'écriture, calculer et retrouver, avec d'autres procédés, la discrète présence de « l'ailleurs ». Comme le peintre s'écarte résolument des mirages propres à l'aquarelle et refait, en reconnaissant les possibilités différentes de l'huile, une autre transparence, un autre relief vibrant dont la limpidité demande d'être menée jusqu'au parachèvement du diaphane par la brosse laborieuse et patiente, le musicien ranime par l'orchestre, instrument par instrument, l'éclat sonore qu'exprime un accord au piano. De même que sur la toile traitée à l'huile le détail des touches posées coup sur coup et analysées de près est illisible et extérieure à toute réalité, la page de musique d'orchestre ne se révèle intelligible et lumineuse qu'à l'audition.

Les adieux de Roméo et de Juliette (Delacroix)

C'est là toute la perspective différente ouverte par Berlioz entre *instrumentation* et *orchestration*. Il suffit de rappeler par exemple le fa écrasant dix-huit mesures, avant la fin du N⁰ 2 de *Roméo et Juliette*, objet sonore fabuleux, et les seize dernières mesures s'estompant sur un effet de matière illustrant un mi, du N⁰ 5 de la même partition. Eugène Delacroix, qui pourtant n'a jamais su comprendre Berlioz, exprime dans son « Journal » (15 janvier 1857) une étrange similitude d'entreprise en dénonçant l'étroitesse de la conception picturale au début du XIXᵉ siècle : « Je sais bien que cette qualité de coloriste est plus fâcheuse que recommandable auprès des écoles modernes qui prennent la recherche seule du dessin pour une qualité et qui lui sacrifient tout le reste. Il semble que le coloriste n'est préoccupé que des parties basses et en quelque sorte terrestres de la peinture : qu'un beau dessin est bien plus beau quand il est accompagné d'une couleur maussade, et que la couleur n'est propre qu'à distraire l'attention qui doit se porter vers les qualités plus sublimes qui se passent aisément de son prestige. C'est ce qu'on pourrait appeler le côté abstrait de la peinture, le contour étant l'objet essentiel ; ce qui met en seconde ligne, indépendamment de la couleur, d'autres nécessités de la peinture telles que l'expression, la juste distribution de l'effet et de la composition elle-même. »

Ces remarques, aisément applicables aux idées de Berlioz, montrent la vanité de dissocier matière sonore et ligne sonore, comme se l'imaginent volontiers encore aujourd'hui les puristes de l'écriture, considérant, d'un côté forme d'écriture, de l'autre couleur orchestrale, ce qui permet d'octroyer plus systématiquement trois paramètres sonores, hauteur, durée, intensité, en négligeant un « de quoi ». Ce « de quoi » matériel, écarté par les uns, est devenu pour les autres, comme par une sorte de revanche du sort, le seul objet d'intérêt ressenti, indépendamment de toutes les intentions précises qui fixaient nos trois paramètres. Effet de matière, disent-ils, « ready made ». Peut-être bien. L'imagination est si folle qu'elle en devient charitable devant la pauvreté, car sans véritable autre objet que l'objet, ce genre de musique rejoint le bibelot, souvenir des musiques d'ameublement de 1924. Delacroix s'est posé cette question de la sonorité pour la sonorité (« Journal », 16 mai 1857) : « Dans le piano même pourquoi employer les sons étouffés ou les sons éclatants, si ce n'est pour renforcer l'idée exprimée ? Il faut blâmer la sonorité mise à la place de l'idée, et encore faut-il avouer qu'il y a dans certaines sonorités, indépendamment de l'expression même, un plaisir pour les sens. Il en est de même pour la peinture, un simple trait exprime moins et plaît moins qu'un dessin qui rend les ombres et les lumières. Ce dernier exprime moins qu'un tableau : je suppose toujours le tableau amené au degré d'harmonie où le dessin et la couleur se réunissent dans un effet unique. » Effet unique qui, en musique, peut se traduire par l'alliance des timbres pensés dans l'écriture débarrassée ainsi de son ombre grâce à l'orchestre. Berlioz (comme Delacroix) ne prétend pas enseigner cette technique personnelle. Son court chapitre, consacré à l'orchestration, intitulé : *l'Orchestre*, est une rêverie burlesque, un songe immense et définitif, dans lequel tous les musiciens peuvent prendre des idées et fixer la réalité de leurs projets. Et n'était-ce pas là une inénarrable façon d'ajouter la salle de concert à l'abbaye de Thélème ?

Dans la pratique, Berlioz s'arrête plus fermement à l'instrumentation où il passe en revue le mécanisme, la nature des timbres et, détails précieux, les facultés expressives de chaque instrument. Il va cependant étendre plus loin son tour d'horizon, invitant la curiosité du musicien à aller au-delà de la routine et des impératifs de la lutherie traditionnelle. Aussi a-t-il garde de poser magistralement, dès les premières lignes de son travail : *Tout corps sonore, mis en œuvre par le compositeur, est un instrument de musique.* Voilà enfin un crédit illimité au choix de « l'instrument », puisque effectivement tout corps sonore utilisé aux fins d'une mise en œuvre certaine, d'un tout organisé (nous songeons à Varèse), devient de lui-même un instrument de la musique. En revanche, Berlioz est d'une discrétion généreuse sur l'aspect poétique de la couleur instrumentale concrétisée par les mélanges des divers instruments, les possibilités *du bruit quelconque qu'ils produisent* (*Traité*, p. 281), impensables en dehors d'une œuvre précise. C'est effectivement là que commence véritablement l'orchestration. *Cet art s'enseigne aussi peu que celui de trouver de beaux chants, de belles successions d'accords et des formes rythmiques puissantes et originales.* Aucun dogmatisme à cet égard, mais un optimisme en clin d'œil clôt les alternatives inutiles, toujours brûlantes d'actualité, comme sensibilité et technique, inspiration et lois : *On est assez généralement disposé à accorder aujourd'hui, en ce qui concerne l'harmonie, la mélodie et les modulations, que ce qui produit un bon effet est* bon, *que ce qui en produit un mauvais est* mauvais, *et que l'autorité de cent vieillards, eussent-ils cent vingt ans chacun, ne nous ferait pas trouver laid ce qui est beau, ni beau ce qui est laid* (*Traité*, p. 1). Mais qui sont ces vieillards autoritaires dont le spectre glorieux se profile à chaque génération nouvelle ? Drapés dans leur dignité sûre (le costume change, mais l'assemblée demeure), munis de fils à plomb modernes, ils légifèrent et tranchent sur des fantômes : musiques classiques, musiques romantiques, musiques tonales, musiques atonales! O pieux déterminisme cher à Procuste! Tout y est classé, immobile. Le réel n'est saisi qu'à travers tel canon dans lequel se fourre hypocritement l'idée de perfectionnement. Ainsi barricadé, sûr de la bonne route, un bel idéal, enfin saisi et immuablement nommé, fige toute transformation propre à la matière, qui se moque bien du cliché de mode qui a sélectionné tel aspect (rationnel, bien sûr) du monde vivant des sons, où des idées (toujours claires) sont uniformément prédigérées et pour toujours fixées dans la patrie des arts.

Avec le recul du temps, il est plus facile de tomber à bras raccourcis sur ces vieillards – tôt remplacés par d'autres, indiscernables encore, tant est neuve l'écurie – que de tenter d'expliquer un chef-d'œuvre qui, lui aussi, est né d'un choix bien précis, de canons parfaits et d'idées claires, et non par le contre-pied de toute esthétique ayant pignon sur rue. Ce n'est pas la réponse anticlassique, antiromantique, antitonale qui donne la clef d'une entreprise originale. Au départ, aucun baromètre du goût n'a encore fait prévoir sa raison. Toute tentative d'explication vient bien après coup car, même pour celui qui fait, la seule raison n'est autre que la vision d'une durée vécue à perpétuer. Par quels plans formels? C'est une question dont la réponse n'est indiquée nulle part et reste à déchiffrer à chaque prise nouvelle d'un terrain musical.

Aussi, malgré les apparences qui feraient croire que Berlioz s'est taillé comme par une grâce toute particulière une voie royale, qu'il n'avait qu'à saisir son porte-plume pour recopier ce que l'esprit lui dictait, combien il est touchant de constater que le bouillant Hector n'a pas choisi délibérément tel costume, et c'est pourquoi il s'est tant ingénié à se déguiser pour les autres. Pudeur extrême, cachette du vrai jeu sérieux pour mieux saisir le destin et feindre avec lui seul à seul.

Berlioz, plus volontiers, ne parle que du juste éclair qui lui fait saisir tel projet et préfère se taire au sujet de la harassante élaboration. Et c'est précisément cet éclair mélodique libre, uniquement guidé par l'expression poétique, qui va frapper. Berlioz s'est astreint à un travail pénible d'épluchage, avant d'entreprendre le détail de l'écriture polyphonique et harmonique, car il ne veut aucun sacrifice à l'élan « chanté à pleine poitrine » (Schumann). Moteur premier d'une telle mise en chantier, la mélodie n'aura été pour lui qu'un pur geste lyrique, aussi vrai que ses humeurs changeantes projetées sur tels lieux, tels héros. La mélodie, c'est l'action momentanée tout entière retrouvée, fixée enfin dans son mouvement, et dont l'arabesque libérée écarte encore le statisme qu'impose la résonance harmonique toujours envahissante. A quoi bon perpétuer et accuser encore cette résonance par la tutelle d'un accompagnement mesuré au cordeau, fixé à l'équerre, suivant les lois de pesanteur d'une basse générale ?

Il faut d'ailleurs s'entendre sur ce vocable. Basse chez Berlioz n'est pas synonyme de fondamentale, ou degré d'un quelconque renversement d'accords. C'est une autre ligne, aussi souple, aussi envahissante que l'éclair du dessus ménageant au grave une fonction sans rapport obligatoirement cohésif avec ce qui est en haut : flamboyante diaphonie médiévale. Ainsi, même entre deux voix extrêmes, chacune auréolée de simples octaves parallèles, vient se créer un espace clos, élastique et léger, tout vibrant de vapeur d'échos divers grâce au mélange, aux dispositions orchestrales appropriées. Ligne orchestrale, contre-ligne orchestrale vont et viennent, comblant le vide sans étouffer le mouvement avec des parties d'écriture intermédiaires. C'est toute la fluidité harmonique du *Scherzo de la reine Mab*, le surréaliste halo sonore de la *Course à l'abîme*, qui tiennent, graphiquement parlant, sur deux lignes indépendantes dans le jeu perpétuel d'interférences harmonico-mélodiques de timbres. Là réside, débridé de verticalisme, un contrepoint d'orchestre hors la ligne terreuse propre à l'écriture fixée par des points noirs. Ce genre d'écriture n'intéresse Berlioz qu'en fonction d'une intention poétique. Si elle la réclame, Berlioz l'entreprend carrément comme, par exemple, au chœur final de *l'Enfance du Christ*, d'une sublime sérénité et dont l'amen religieux est volontairement non fugué.

Cela nous conduit à faire la même observation pour l'écriture de la fugue. L' « hénaurme » polissonnerie de l'amen de *la Damnation* mise à part, Berlioz se sert avec un étonnant génie du procédé par entrées successives, ligne par ligne, sans égard pour la symétrie, le modèle, le protocole d'entrées. Merveilleux fugato si vibrant d'accents, comme aux temps bénis des ricercare, sans respect pour la leçon du manège académique revu et corrigé par Cherubini. Dès le début de *Roméo et Juliette*, il nous donne l'image du climat psychologique, par le tracé successif des entrées qui vont mettre le feu aux poudres. Au début de *la Damnation*, il nous fait assister aux phases majestueuses d'un lever de soleil dans la campagne au printemps. En mille actes divers, Berlioz sait ce qu'il veut garder, non de la forme, qui est toujours à réinventer, mais du procédé. Ainsi l'ont traité les chansonniers français, les madrigalistes, et plus tard, bien entendu, Jean-Sébastien Bach.

Aussi, quand Berlioz choisit le côté traditionnel de l'harmonie en acceptant le phénomène de la résonance et le contour fertile des deux tétracordes, n'est-ce pas pour figer son propos dans un canevas rigoureux fixant une symétrie, et sur lequel les grands classiques épris d'équilibre recherchent un principe de perfection, qui va s'étendre jusqu'à la grande forme. Berlioz réclame une autre perfection : le réalisme d'un grand rêve par l'atmosphère mouvante des sons, et il refuse pour cela la disposition immuable, le moule du petit « catéchisme de Mannheim » dans lequel, encore aujourd'hui, d'honorables symphonistes pensent trouver leur affaire. Chez lui, le rapport de tonique à dominante, si impérieux il est vrai, est contrebalancé par d'autres points d'appui plus faibles, par d'étranges emprunts, de souples enharmonies sauvegardant – est-ce toujours nécessaire ? – sous leurs porte-à-faux la tonalité première.

Est-ce vraiment nécessaire ? Là nous aimerions évoquer la question beethovenienne : « Muss es sein ? » Berlioz se la pose toujours. Il déplace subrepticement la ligne, écarte

Méphisto et Marguerite (Delacroix)

quand il lui en chaut le réflexe tonal. Par exemple, l'espèce de gluante et vampirique berceuse que chante Méphisto : *Voici des roses* (scène VII de *la Damnation*) illustre d'une façon étrange le rapport standard de tonique et de dominante (ré, la) hésitant entre deux pôles asymétriques (do dièse, fa dièse, 24 mesures), ramené finalement (mi, la, 12 mesures), comme forcé par une brusque obligation du sort, au ton premier. A l'audition orchestrale, rien, pour tout l'amour de la musique, ne saurait être changé, corrigé par un harmoniste rewriter patenté. L'essai au piano est consternant, la conduite des accords épaisse et mal tournée révèle le cliché noir et blanc plutôt sous-exposé d'un chef-d'œuvre désenchanté, illisible.

Il existe encore un autre procédé classique de l'harmonie, sur lequel Berlioz agit en virtuose : le banal *basso ostinato*, ami du paresseux pressé comme du subtil chercheur de rébus. En face de ce procédé, il traite son dessin harmonique avec simplicité – voir par exemple la ligne des basses soutenant le deuxième thème de l'ouverture des *Francs-Juges* (p. 15 et p. 31, éd. Eulenburg) – et rejoint par là la solidité et la « concision que l'on ne trouvait que chez Beethoven », nous dit Schumann, à propos de la *Fantastique*. Il va cependant plus loin. Comme Purcell, sur un simple ostinato, avait su chanter, avec des retours poignants, les angoisses de Didon s'adressant à Belinda (acte I, N° 3), Berlioz lui aussi à sa manière transfigure le radoteur procédé : parmi les multiples figures que le dessin de la basse peut prendre, indéfiniment répété, il choisit une ligne moyenne qui indique la direction du mouvement, figurée sur un point immobile comme une sorte de note pédale pointillée. Autour de cette note prise comme axe, il brode des tensions qui s'écartent du point et des détentes qui s'en rapprochent. Une ligne de basse approximative et sinueuse se dessine, reliée harmoniquement au ton fixé par l'immobilité de l'axe en question. Le jeu ayant assez duré, il opère une translation d'axe sur un autre ton et garde le dessin. Nous avons un exemple de ce procédé, étalé là à tous les registres, dans *Roméo et Juliette*, au récit du Père Laurence (p. 305 à 313, éd. Eulenburg).

Tantôt les si, et tantôt les fa dièse, pris comme axes principaux, évoquent les « bombillements » nerveux. Là, il n'est question ni de haut, ni de bas. Tout tourne rond comme dans une fugue idéale dont nous évoquions plus haut le procédé, et qui, par principe, est la mise en chantier des renversements systématiques.

A propos de l'harmonie de Berlioz, Alfred de Vigny a eu un mot sublime. Il déclara que « Berlioz prend l'harmonie et la coupe en deux ». Nous ajouterions volontiers : les morceaux tombent et volent en éclats. Car, pour Berlioz, l'harmonie n'est plus seulement entreprise comme moyen cohésif de la forme – toute la belle conquête du XVIIe siècle – mais doit encore, selon le caractère de l'œuvre, être traitée suivant différents plans fonctionnels toujours en accord avec la matière sonore qui la déploie. On peut trouver chez lui les trois grands types : l'harmonie de caractère qui expose des accords, objets sonores « révélateurs », avant toute autre intention formelle ; l'harmonie, ligne des infrastructures donnée par un ton principal, épaulé de part et d'autre de diverses dominantes qu'il n'est pas obligatoire de vêtir d'accords dont les éléments harmoniques remontent à la surface mélodique comme des bulles ; le fond sonore harmonique établissant un terrain propice au rebondissement de la mélodie, sans décalquer dans l'ombre cette dernière, ni la cerner aux points névralgiques par obéissance aux lois balistiques de la Tonalité avec un T majuscule. *La musique, aujourd'hui dans la force de sa jeunesse, est émancipée, libre : elle fait ce qu'elle veut. – Beaucoup de vieilles règles n'ont plus cours : elles furent faites par des observateurs inattentifs ou par des esprits routiniers, pour d'autres esprits routiniers. – De nouveaux besoins de l'esprit, du cœur et du sens de l'ouïe, imposent de nouvelles tentatives, et même, dans certains cas, l'infraction des anciennes lois.* (*A travers chants*, p. 312.) Rien n'a changé depuis Berlioz. La musique, à chaque génération, est toujours à réinventer par l'élan multiple inspiré de toute perception poétique de l'Univers dont l'unité est fièvre solitaire, individuelle ferveur, inséparable de ce qui nous a saisi et à qui, maintenant, il faut donner forme.

OU L'ON CROIT ÊTRE LORSQU'ON

Bon pour 5 livres de bougie pour la répétition du Concert de Monsieur Berlioz du Dimanche 15 Décembre 1839

H. Berlioz

Notes

1. Dans l'œuvre symphonique de Berlioz, il faudrait ajouter les œuvres pour orchestre et pour différents instruments, notamment cette *Rêverie et Caprice* (1848) pour violon et orchestre, charmante par sa désinvolture thématique, les ellipses de développement et l'atmosphère très élastique des tempi.

2. Sous le titre « Invention de Berlioz », Maurice Le Roux, en pleine période formaliste, a situé par des exemples caractéristiques, choisis dans cette symphonie, quelques précieuses « inventions ». Il signale par exemple « un intéressant spécimen de désagrégation » du thème de la *Ronde de Sabbat* qui « s'émiette par élimination de ses éléments et qui se reforme ensuite peu à peu jusqu'à retrouver sa forme initiale » (p. 205 à 213, Ed. Eulenbourg). Il souligne encore un ensemble d'élaborations rythmiques : « Les élisions, les éliminations (p. 205-206), les effritements (p. 116), les glissements (p. 32), les véritables dérapages rythmiques (p. 4, 149, 176, 177)... dont nous trouverions facilement les correspondances actuelles. » (In « Domaine musical », n° 1, 1954.)

3. Au *n° 2*, les sept premières mesures : mode C²bis ; des mes. 10 à 13 : mode C²ter. La ligne conjointe descendante qui passe aux basses (réunion des deux thèmes, mes. 49) et se répète de 4 en 4 mesures jusqu'à la coda (mes. 106) : mode a et b, ainsi que les 7 dernières mesures de ce n°. Au *n° 3*, les 9 premières mesures et les 8 mesures suivantes : mode C². Au *n° 5*, mesures 6 et 7 : mode C¹, et mesures 8 et 9 : mode C². Au *n° 6* (sans parler de l'admirable solo de clarinette au réveil de Juliette, qui joue librement sur un quasi total chromatique avec la cellule d'un ton et d'un demi-ton caractéristique de Juliette), les 13 dernières mesures au hautbois solo utilisent une dernière fois le mode C¹ bis.

4. Il est amusant de constater la même présence d'un dessin intervallique résumant la thématique de l'œuvre, dans le *Quintette pour quatuor à cordes et piano* de Schumann (Mib., Ré, Do ; Do, La, Sol).

5. Il faut mentionner en plus : *la Révolution grecque* (1828), curieusement influencée par Spontini, et *Cinq Mai*, sorte de grande ode funèbre à Napoléon, pour basse solo, chœur et orchestre, écrite en 1832.

6. Consulter à ce sujet *le Cycle Berlioz*, essai historique et critique sur l'œuvre de Berlioz, par J.-G. Prod'homme. Excellent ouvrage, quoique ancien (Paris, Bibl. de l'Association, 1896), qui traite de la composition des *Huit scènes de Faust*.

7. Outre J.-G. Prod'homme, A. Boschot lui a consacré une *Étude* particulière de 120 pages (Paris, 1910) rééditée chez Plon en 1945.

8. A ceux qu'intéresse ce genre de littérature, je rappelle le *Lexicon of musical invective* de Nicolas Slonimsky, qui consacre huit pages à Berlioz.

9. Cf. in *les Musiciens et la Musique*, les articles de Berlioz sur les musiciens de son temps, recueillis par André Hallays : Cherubini, p. 25 ; Meyerbeer, p. 83 et 106 ; Hérold, p. 131 ; Aubert, p. 43 ; Halévy p. 159 ; Adam, p. 43. On aura ainsi une idée exacte de l'importance de ces musiciens à leur époque.

10. Il a d'abord surtout expérimenté, et ensuite appliqué. Ses projets d'opéras inachevés en témoignent : *les Francs-Juges* (1827), *la Nonne sanglante, Hamlet*. Ce dernier opéra sera transformé en *Marche funèbre pour la dernière scène d'Hamlet* pour deux chœurs et orchestre, et *Ballade sur la mort d'Ophélie* (toutes deux de 1848). Celle-ci est publiée dans le recueil de *Mélodies*, Costallat éd., revues par Ch. Malherbe.

11. Une œuvre en marque la première trace : *la Fuite en Égypte*, de 1853, et, l'année suivante, la trilogie complète de *l'Enfance du Christ*.

12. Berlioz tourne le dos aux symphonies de Mozart : *Ce musicien a écrit d'incroyables platitudes sous le nom de symphonies* (*les Musiciens et la Musique*, p. 17). Par ailleurs, il admire la concision orchestrale de « Don Juan », orchestre plein *d'éclat et de vigueur*, et qui ne tombe pas dans les effets bruyants des timbres hauts en couleur, *système de musique de saltimbanque* (*id.*, p. 6 et 8).

13. L'adaptation libre des dialogues parlés qu'a faite Berlioz de la comédie de Shakespeare est aujourd'hui odieuse à supporter. Il faut réconcilier le texte et la musique, le vrai Shakespeare et la seule musique.

14. Berlioz avait intégré ses nuances modales au sein du chromatisme dans la troisième symphonie. Ici les modes sont utilisés à travers le diatonisme par la polymodalité. Cela motive la mobilité des éléments compris entre les différents tétracordes chers au diatonisme.

15. Il faut signaler ici la géniale traduction et interprétation que J.-P. Sartre a composée pour « les Troyennes » d'Euripide, et méditer tout ce qu'il dit dans la préface de cet ouvrage.

16. *Les Troyens à Carthage* ont été représentés la première fois le 4 novembre 1864 au Théâtre lyrique. Ils ont tenu l'affiche vingt et une fois.

17. Les ravaudages imposés à Berlioz (intitulés, ô ironie, « suppléments ») sont révoltants.

18. Il y aurait une étude à faire sur Berlioz et la nuit.

19. Berlioz n'a pas caché son jeu. P.-M. Masson (in *Berlioz*, lib. Alcan, nouv. éd., 1930, p. 180-181) relève les différents propos de Berlioz à ce sujet.

20. Si l'on veut donner un catalogue à peu près complet de la musique religieuse de Berlioz, il faut mentionner : *Arrangements pour quadruple chœur* (seize parties) *de plain-chant* de l'Église grecque, travail commandé par le tsar de Russie (1843) ; un *Veni Creator*, et un *Tantum ergo* parus dans le *Répertoire populaire des chants de l'Église dans les Diocèses de France.*

21. Lettre à son ami Ferrand (11 janvier 1867). Il n'est pas question d'évoquer l'anecdote fameuse de la tabatière d'Habeneck et les souples manœuvres de Berlioz pivotant sur ses talons. Elle est dans toutes les mémoires, et nous fait parfois oublier l'essentiel : le cri humain devant la présence de la mort auréolé par Berlioz jusqu'au mystère du Jugement dernier et de la Parousie.

22. Il est instructif de constater avec quel soin Berlioz va élaborer son plan pour illustrer la grande prose populaire du *Dies Irae*, qui compte dix-huit versets et une conclusion. Il a réglé l'ordre suivant pour un découpage en cinq grandes parties : versets 1, 2, 3, 4, 5, 6 ; versets 7, 9, 17 ; versets 8, 9, 16 + *Voca me* de l'Offertoire ; versets 10, 11, 12 (supprime le deuxième vers pour aller directement au troisième : *O Dieu, pardonne à celui qui Te supplie*, et continue sur 14, 13, 15 ; verset 18 et conclusion. Ce nouveau plan possède l'avantage d'éviter les retours aux sombres images, et de rester dans l'ascension croissante des sentiments de paix et de confiance, but initial de cette prose que Berlioz, ne l'oublions pas, goûtait directement dans le texte.

23. Cf. in *Grotesques de la musique*, p. 169.

24. Berlioz avait entrepris déjà un *Quartetto et Coro dei Magi* à Rome en 1832.

25. Une petite flûte, deux flûtes, deux hautbois, deux clarinettes, deux bassons, deux cors, deux cornets, deux trompettes, timbales, une harpe, un harmonium, un petit quintette à cordes. Une partition de musique de chambre !

26. Berlioz, adolescent, a écrit une romance sur *Estelle et Némorin* de son cher Florian. Cette mélodie est reprise dès les premières mesures du premier mouvement de la *Symphonie fantastique.*

27. En 1834, Berlioz met en musique *les Champs* (aubade), poésie de Béranger, et qui sera le n° 2 des *Feuillets d'album.*

28. Bien que Berlioz ait écarté ces pièces dans les publications dont il s'est chargé, Charles Malherbe a cru bon de les faire paraître à la fin du recueil : *Mélodies*, publiées en 1901 chez Costallat. Il faudrait ajouter *le Montagnard exilé.*

29. Dont la romance à deux voix égales : *Pleure, pauvre Colette.*

30. Il faut ajouter le duo *Sarah la baigneuse* (poésie de Victor Hugo), publié sous diverses versions dont chœur et orchestre, les romances *Je crois en vous* et *la Belle Voyageuse*, inconcevables de la part d'un artiste qui, à ce moment-là, écrivait avec la même encre l'ouverture du *Roi Lear.*

31. Le chanteur Nourrit « traduit » Schubert en français et, très louable entreprise, le fait connaître à Paris dès 1829. Il faut lire cette traduction pour saisir l'esprit dont on entendait à l'époque les paroles d'une mélodie. C'est par *Mélodies* que Nourrit traduit fort justement le mot *Lieder.* Berlioz le reprendra pour ses publications.

32. Berlioz, qui semble avoir tenu à cette œuvre, en fit une transcription pour voix qu'il inséra dans la deuxième édition des *Feuillets d'album.*

Index

Chronologie

	L'HOMME	L'ŒUVRE
1803	Naissance de Berlioz.	
1804		
1805		
1807		
1808		
1813		
1814		
1815		
1816		
1821	Arrivée à Paris.	
1823		
1824		
1825		10 juillet : exécution publique de la *Messe solennelle* à Saint-Roch.
1826	Inscription au Conservatoire.	
1827		
1828		Ouverture de *Waverley*. Ouverture des *Francs-Juges*. *La Révolution grecque*. *Marche religieuse des mages*.
1829		*Huit scènes de Faust*.
1830		*Neuf mélodies irlandaises*. *Ballet des ombres*. Juil. : *Sardanapale* (Grand Prix Rome). Oct. : exécution de la *Cantate*. Nov. : *la Tempête*. Déc. : la *Symphonie fantastique*.
1831	Séjour à la Villa Médicis de février à mars 1832.	
1832	Retour à Rome.	*Lélio* et la *Symphonie fantastique* sous le titre : *Épisode de la vie d'un artiste*.
1833	3 oct. : mariage avec Harriet Smithson.	Ouverture de *Rob-Roy*.
1834	Août : Naissance de son fils Louis.	*Sarah la baigneuse*. *La Belle Voyageuse*. Ouverture du *Roi Lear*. *La Captive*, le *Jeune Pâtre breton*. *Harold en Italie*.
1835	Critique musical au *Journal des Débats*.	*Cinq Mai*. *Cantate sur la mort de Napoléon* (paroles de Béranger).
1836		Exécution de l'ouverture des *Francs-Juges*, à Leipzig, dirigée par Schumann. Premier succès de Berlioz à l'étranger.
1837		*Grande Messe des morts (Requiem)*, aux Invalides.
1838	Nommé sous-bibliothécaire du Conservatoire.	*Benvenuto Cellini*, à l'Académie royale de musique, joué sept fois. Décembre : Berlioz dirige un concert au Conservatoire. Séance mémorable où Paganini vient s'incliner devant lui et lui adresse le surlendemain un chèque de vingt mille francs.
1839	Chevalier de la Légion d'honneur.	Nov. : *Roméo et Juliette*.
1840		Juillet : *Symphonie funèbre et triomphale*.

	1803
Empire. Constitution de 1804, An XII.	1804
Beethoven, *Fidélio*.	1805
Spontini, *la Vestale*.	1807
Gœthe, *Faust*.	1808
Naissance de Wagner.	1813
Abdication de Napoléon. Louis XVIII roi.	1814
Les Cent-Jours, Waterloo, retour de Louis XVIII.	1815
Rossini, *le Barbier de Séville*, *Othello*.	1816
Weber, *Freyschütz*.	1821
Beethoven, *Neuvième symphonie*.	1823
Mort de Louis XVIII. Charles X roi.	1824
Mort de David.	1825

Mort de Weber.	1826
Mort de Beethoven	1827
Mort de Schubert.	1828
	1829
← Révolution, établissement de la Monarchie de Juillet. Gallois : théorie des groupes.	1830
Chopin à Paris. Pouchkine, *Boris Godounov*.	1831
	1832
	1833
	1834
	1835
	1836

Avènement de la reine Victoria. Fétis, *Biographie universelle des musiciens* (... 1844). Balzac, *Illusions perdues*.	1837
	1838
Wagner à Paris. Ouverture de *Faust*. Chopin, *Vingt-Quatre préludes*. Stendhal, *la Chartreuse de Parme*.	1839
Mérimée, *Colomba*. Poe, *Contes extraordinaires*. Schumann, cycle de lieder : *la Vie et l'Amour d'une femme*, *les Amours du poète*.	1840

1841		*Les Nuits d'été*, six mélodies sur des poèmes de Th. Gautier. Le « Freyschütz » à l'Opéra, pour lequel il a écrit des récitatifs.
1842	Voyage à Bruxelles novembre à mai. Voyage en Allemagne.	*Rêverie* et *Caprice* aux Concerts Vivienne.
1843		
1844		Ouverture du *Carnaval romain*. Publication du *Traité d'instrumentation* et du *Voyage musical en Allemagne et en Italie*.
1845	Juin : Marseille et Lyon. Août : Bonn, inauguration de la statue de Beethoven. Nov. : Autriche, Bohême et Hongrie.	
1846	Retour à Paris par Prague, Breslau et Brunswick.	Première exécution de la *Marche hongroise*, à Pest. Juin : *le Chant des chemins de fer*. Décembre : Première exécution de *la Damnation de Faust*, à l'Opéra-Comique, sous sa direction.
1847	Février à juin : premier voyage en Russie. Novembre·à juillet : Premier voyage à Londres.	
1848	26 juillet : mort de son père.	
1849		Des fragments de *la Damnation de Faust* inscrits au programme des Concerts du Conservatoire.
1850	Nommé bibliothécaire du Conservatoire.	*Le Chœur des bergers*. Publication de *Fleurs des landes* et *Feuillets d'album*, mélodies.
1851		*La Marche des Francs*.
1852	Mai à juin. Deuxième séjour à Londres pour diriger des concerts.	Mai : *Benvenuto Cellini* a Weimar, dirigé par Liszt. Octobre : publication des *Soirées de l'orchestre*.
1853	Mars : 3e séjour à Londres pour diriger des concerts. Août à déc. : 2e grande tournée musicale en Allemagne.	Décembre : *la Fuite en Égypte* à Leipzig.
1854	3 mars : mort à Paris de sa femme, née Harriet Smithson. 25 mars à mai : 3e tournée musicale en Allemagne. Octobre : mariage avec Marie Recio.	Décembre : première exécution complète de *l'Enfance du Christ*, sous sa direction.

LES PAVEURS SUR LE PAVÉ. — par RANDON.

... de leurs demoiselles qu'ils ne savent plus comment élever, les paveurs de Paris viennent supplier sir Mac-Adam ... à mettre un terme à ses entaillements, mais celui-ci n'a pas du tout l'air de vouloir se rendre à leur gré.

PARIS EN 1848.

LES PRISONNIERS POLITIQUES,
Dessin de BERTALL, gravé par Dumont.

RÉPUBLIQUE FRANÇAISE

Les prisonniers... qui attendent... ayant besoin de repos... pas moyen de sortir de là.

Rencontre Wagner-Liszt. Schumann, *Première symphonie en si bémol majeur.* — 1841

Wagner, *Rienzi.* Gogol, *les Ames mortes.* Aloysius Bertrand, *Gaspard de la Nuit.* — 1842

Wagner, *le Vaisseau fantôme.* Victor Hugo, *les Burgraves.* Dickens, *Christmas Carol.* — 1843

Chopin, *Deux Nocturnes.* Schumann, *Quintette.* Mendelssohn, *Concerto en mi mineur.* A. Dumas, *les Trois Mousquetaires.* — 1844

Wagner, *Tannhäuser.* Mérimée, *Carmen.* — 1845

Franck, *Ruth et Booz.* Schumann, *Deuxième symphonie en ut majeur.* George Sand, *la Mare au diable.* — 1846

Schumann, *Album pour la jeunesse, Quatrième quatuor.* Liszt, *Rhapsodies.* Michelet, *Histoire de la Révolution française* (... 1853). Rude, *Napoléon mort* (au Louvre). — 1847

Révolution de février : Deuxième République. Wagner, l'*Œuvre d'art de l'avenir.* Emily Brontë, *les Hauts de Hurlevent.* K. Marx-Engels, *Manifeste communiste.* — 1848

Mort de Chopin. Meyerbeer, *le Prophète.* George Sand, *la Petite Fadette.* Lamartine, *Graziella,* Chateaubriand, *Mémoires d'Outre-Tombe* (... 1850). Delacroix, *Galerie d'Apollon.* Renan, *l'Avenir de la science.* — 1849

Coup d'État de Napoléon Bonaparte. Wagner, *Lohengrin.* Schumann, *Troisième symphonie, Geneviève.* Sainte-Beuve, *les Lundis.* Mort de Balzac. — 1850

Exposition universelle de Londres. Verdi, *Rigoletto.* Liszt, *Premier concerto pour piano.* Wagner, *Oper und Dram.* Murger, *la Vie de bohème.* Labiche, *le Chapeau de paille d'Italie.* Nerval, *Voyage en Orient.* — 1851

Second Empire. Schumann, *Manfred, Quatrième symphonie en ré mineur.* Les Goncourt, *Journal* (... 1884). — 1852

Liszt, *Sonate en si mineur.* Verdi, *le Trouvère, la Traviata.* Victor Hugo, *les Châtiments.* Renan, *Vie de Jésus.* — 1853

Wagner, *l'Or du Rhin.* Liszt, *Préludes.* Brahms : 1er *concerto pour piano, Ballades* op. 10. Nerval *les Chimères, Sylvie.* Viollet-le-Duc, *Dict. d'architecture.* — 1854

1855	Février : séjour à Gotha et Weimar. Mars : séjour à Bruxelles. Juin à juillet : nouveau séjour à Londres pour concerts.	Avril : Ouverture du *Corsaire*. *Te Deum* à Saint-Eustache. Novembre : *l'Impériale* au Palais de l'Industrie.
1856	Février : nouveau séjour à Gotha et Weimar. Juin : élection à l'Institut. Août : voyage annuel (jusqu'en 1864) à Bade où ses œuvres sont exécutées.	
1857		
1858		
1859		Publication de son livre : *les Grotesques de la musique*. Novembre : *Orphée* de Gluck au Théâtre lyrique, texte musical revu par ses soins.
1860		9 février : Lettre à Wagner, dans le *Journal des Débats* sur « la musique de l'avenir ». Juin : *le Temple universel* à Londres, au Crystal Palace, double chœur et orgue, en deux langues (français et anglais).
1861		Reprise à l'Opéra de l' « Alceste » de Gluck, préparée par ses soins.
1862	14 juin : mort de sa deuxième femme née Marie Recio, à Saint-Germain.	Août : *Béatrix et Bénédict* au théâtre de Bade, sous sa direction.
1863	Rapide voyage à Weimar et Loewenberg, chez le prince de Hohenzollern-Hechingen.	
1864	Officier de la Légion d'honneur. Cessation de sa collaboration au *Journal des Débats*.	*Les Troyens à Carthage* au Théâtre lyrique.
1865	Achèvement des *Mémoires* qui ne paraîtront qu'un an après sa mort.	
1866	Avril : nommé conservateur du Musée instrumental du Conservatoire. Décembre : voyage à Vienne pour assister à une audition intégrale de *la Damnation de Faust*.	
1867	Février : voyage à Cologne. Juillet : mort à La Havane de son fils Louis, âgé de 33 ans. Novembre : départ pour la Russie. Invité à donner six concerts à Pétersbourg, un à Moscou.	
1868	Février : retour à Paris. Mars : voyage à Monaco et Nice. Congestion cérébrale.	
1869	8 mars : mort de Berlioz, dans son appartement rue de Calais. 11 mars : obsèques à la Trinité. Inhumation au cimetière de Montmartre.	

LIBERTÉ DES THÉÂTRES.
L'Odéon faisant usage de la liberté qui vient de lui être accordée, pour se chercher une place boulevard des Italiens.

BATAILLE DE SADOWA (3 Juillet 1866).

Victoire franco-anglaise en Crimée. **1855**
Liszt, *Symphonie de Faust, Psaumes XIII.* Gounod : *Messe de sainte Cécile.* Nerval, *Aurélia.* Baudelaire, *le Spleen de Paris.*

Congrès de Paris. Wagner, *la Walkyrie.* Liszt, *Symphonie de Dante, Messe de Gran.* Victor Hugo, *les Contemplations.* Delacroix, fresques de Saint-Sulpice. **1856**

Baudelaire, *les Fleurs du mal.* Flaubert, *Madame Bovary.* Millet, *les Glaneurs.* **1857**

Brahms, *Magelone-Romanzen.* Offenbach, *Orphée aux enfers.* **1858**

Victoires françaises en Italie. Wagner, *Tristan et Isolde.* Verdi, *le Bal masqué.* Gounod, *Faust.* Liszt, *Christus.* Victor Hugo, *la Légende des siècles.* Mistral, *Mireille.* **1859**

Liszt, *Saint François de Paule marchant sur les eaux.* Gounod, *Philémon et Baucis.* Baudelaire, *les Paradis artificiels.* **1860**

Concerts populaires de musique classique (Pasdeloup). Dostoievski, *Souvenirs de la maison des morts.* Garnier commence l'Opéra de Paris (... 1875). **1861**

Verdi, *la Force du destin.* Liszt, *Légende de sainte Elisabeth.* Victor Hugo, *les Misérables.* Flaubert, *Salammbô.* Millet, *l'Angélus.* **1862**

Bizet, *les Pêcheurs de perle.* Fromentin, *Dominique.* Manet, *le Déjeuner sur l'herbe.* Mort de Delacroix. **1863**

Gounod, *Mireille.* Offenbach, *la Belle Hélène.* Tolstoï, *Guerre et Paix* (... 1869). **1864**

Meyerbeer, *l'Africaine.* Courbet, *la Vague.* Manet, *Olympia.* **1865**

Sadowa : la Prusse annexe des territoires allemands. Offenbach, *la Vie parisienne.* Verlaine, *Poèmes saturniens.* Dostoievski, *Crime et Châtiment.* **1866**

Exposition universelle à Paris. Wagner, *les Maîtres chanteurs.* Liszt, *Messe du sacre.* Gounod, *Roméo et Juliette.* Moussorgski, *Une nuit sur le mont Chauve.* Monet, *Femmes au jardin.* **1867**

Liszt, *Requiem.* Brahms, *Requiem allemand.* Daudet, *le Petit Chose.* **1868**

Franck, *les Béatitudes.* Flaubert, *l'Éducation sentimentale.* Lautréamont, *les Chants de Maldoror.* Verlaine, *les Fêtes galantes.* A. Daudet, *Lettres de mon moulin.* **1869**

Discographie

ÉTABLIE ET COMMENTÉE PAR MARCEL MARNAT

C'est le disque qui a rendu à Berlioz son statut de grand musicien. Jusqu'à ces années dernières, les associations symphoniques le réduisaient en effet à divers hors d'œuvres : ouvertures ou extraits symphoniques, plus ou moins bruyants, destinés à galvaniser l'atmosphère. L'exécution des grandes fresques était rare, plus encore celle des œuvres peu ou mal connues. C'est au microsillon que nous devons la résurrection de *Benvenuto Cellini* ou des *Troyens*. Aussi ne faut-il pas s'étonner si la discographie est en constante mutation mais, d'ores et déjà, ce 1ᵉʳ février 1977, quelques réalisations s'offrent à nous avec les prestiges du définitif, situation que ne laissait qu'entrevoir notre première orientation (1968) au sein d'une œuvre dont voici le catalogue chronologique quasi exhaustif.

1821-1827. *Œuvres de jeunesse.* On s'étonne que peu de recherches aient mis à jour les premières esquisses de Berlioz, du *Passage de la Mer Rouge* aux *Cantates* composées pour obtenir le Prix de Rome (*Orphée déchiré par les Bacchantes, la Mort de Sardanapale*, etc.), sans parler de la *Messe* exécutée à St-Roch en 1825 ou d'*Irlande*. De ce bouquet d'œuvres on ne connaît plus que les Ouvertures de *Waverley* et des *Francs Juges* (voir ci-dessous : Concerts) et un quasi chef-d'œuvre : la Cantate « *La Mort de Cléopâtre*, dont toute la fin est du plus grand Berlioz (1829). Nous en possédons un enregistrement très expressif par Janet Baker et Symph. de Londres dir. Gibson (avec de bonnes *Nuits d'été*. VSM). On annonce le même couplage par Yvonne Minton dirigée par Pierre Boulez (CBS).

1830. *Symphonie Fantastique.* Vingt-cinq versions mais bien peu nous restituent l'électrisation du fameux concert de 1830! Parmi les chefs relégués dans des collections à bon marché, il faut distinguer l'excellente version de Carlo Zecchi (Supraphon-Eurodisc) qui bénéficie des feux de la Philharmonique Tchèque et d'un enregistrement exemplaire : ainsi sont éclipsés Froment, Mitropoulos, Argenta, Van Beinum, Frémaux, Van Otterloo, Markevitch et Fourestier, versions qui eurent leurs mérites (parfois exceptionnels : Argenta, Markevitch, Beinum, Mitropoulos) mais qui doivent aujourd'hui céder la place, du point de vue technique, car Berlioz n'est jamais restitué avec assez de limpidité et de couleurs. Parmi les vedettes actuellement adulées, Boulez (CBS), Rojdestvensky (CDM), Ozawa (DGG), Karajan (DGG) et même Lombard (ERATO) pèchent par quelque côté : sécheresse (Boulez), emphase (Karajan), inexpressivité (Ozawa) etc. La vraie bataille s'engage ainsi entre la vieille « mono » de Beecham (VSM), peut-être inégalée, l'éclat assez extérieur de Solti (Orch. de Chicago. Decca), la version peut-être un peu hâtive mais très présente de Münch et de l'Orchestre de Paris (VSM), le soin au contraire excessif des deux gravures de Colin Davis (Philips), la première avec Symph. de Londres, la seconde, techniquement unique, avec le Concert-gebouw (et qui suit une première rédaction avec les détails orchestraux parfois curieux), enfin le disque toujours exemplaire de Paul Paray (sér. éco. Philips. Orch. de Détroit). Martinon constitue un moyen terme d'autant mieux venu qu'il est le seul, actuellement, à proposer *Lelio*, suite un peu informe de la *Fantastique* mais où s'imposent quelques grandes pages...

1830. *Lelio.* Œuvre composite avec quelques merveilles. La version Boulez (CBS) n'a eu qu'une existence éphémère face à celle de Martinon (VSM), sauvée par d'excellents interprètes.

1830-1836. Ouverture de « Rob Roy ». *Sarah la Baigneuse, la Belle Voyageuse. Ouverture du Roi Lear. La Captive. Le Jeune Pâtre Breton. Cinq Mai. Cantate sur la mort de Napoléon.*
Répertoire de demi-caractère, malheureusement dédaigné, mais qui nous offrirait un portrait de Berlioz beaucoup plus « dans son siècle » que celui qu'il a laissé lui-même. Pour les deux *Ouvertures* : voir ci-dessous Concerts. Deux des *Mélodies* figurent dans le disque anthologique de Colin Davis (voir *Nuits d'été*).

1834. *Harold en Italie.* Œuvre capitale bien trop méconnue. Longtemps dominée par le très beau disque de Barchaï (alto) dirigé par David Oïstrakh (Orch. Philh. de Moscou CdM), la discographie vient d'être définitivement bousculée par les disques de Colin Davis et Zubin Mehta, le premier d'une couleur et d'un raffinement exceptionnels, le second moins subtil mais d'un emportement et d'une irrésistible éloquence, parfaitement adéquats (Yukio Imaï alto et Symph. de Londres, Philips, contre Daniel Benyamini et Philh. d'Israël. Decca). Le bon disque de Ducrocq-Lombard (Orch. de Strasbourg. Erato) se rapproche, en moins accompli, de celui de Colin Davis. La version William Primrose-Charles Münch (Orch. de Boston. RCA) est aujourd'hui sévèrement distancée, sur le plan technique, et n'intéressera que les collectionneurs.

1837. *Grande Messe des Morts (Requiem).* L'œuvre suprême et d'ailleurs celle que Berlioz préférait à toutes les autres. Du point de vue de l'orchestre comme du soliste, le dernier enregistrement de Münch (avec Radio Bavaroise et Peter Schreier. 2 d. DGG) est loin d'avoir l'intensité de celui, plus ancien, réalisé à Boston, avec Léopold Simoneau (2 d. éco. RCA. Techniquement parlant, une regravure très réussie l'a mis sur le même pied que son cadet). Colin Davis (Ch. et London Symph. 2 d. Philips) l'emporte pourtant sur tous ses concurrents, tant par la puissance que par la richesse des timbres, la perfection et la lisibilité des détails dans les *pianissimi* les plus aériens comme dans les fameux cataclysmes de *Tuba Mirum* et de *Lacrymosa*. Très méditée, profonde, poétique, émouvante, cette interprétation est, sans doute, le sommet de l'intégrale Berlioz entreprise par le grand chef britannique qui se montre particulièrement heureux dans les pages élégiaques où il surclasse même Münch. Spectaculaire, impressionnante, la récente version Bernstein (2 d. éco. CBS), enregistrée aux Invalides (1975) avec deux orchestres français (et des chœurs qu'il vaut mieux ne pas comparer aux chorales anglaises maniées par Colin Davis) a surtout l'inconvénient d'être enregistrée dans une perspective lointaine retirant à l'œuvre une part de l'impact physique qu'elle doit avoir. Malgré une exemplaire intervention de Stuart Burrows *(Sanctus)* elle n'atteint pas non plus, dans les passages recueillis, à l'intense émotion provoquée par Colin Davis. Il n'en reste pas moins que Bernstein, sans éclipser Münch-Boston (dont il se rapproche) offre de l'œuvre une vision plus immédiatement captivante que le pathétique approfondissement de la version anglaise.

1838. *Benvenuto Cellini.* Une des grandes révélations apportées par le disque. Une seule intégrale, avec d'excellents chanteurs (Gedda, Jules Bastin, R. Massard, R. Soyer, Christine Eda-Pierre. Ch. de Covent Garden, Orch. BBC. 4 d. coffret-livret. Philips) dirigée par Colin Davis, admirablement enregistrée... une pluie de prix du disque mérités. Pour l'ouverture seule, voir Concerts.

1839. *Roméo et Juliette.* Autre sommet de Berlioz, malgré un finale quelque peu laborieux. Ici la compétition est sévère tout le monde étant presque excellent, même Maazel (Ch. divers, Philh. de Vienne. 2 d. DECCA) et Ozawa (ce dernier avec Julia Hamari, Peter van Dam, Jean Dupouy, Ch. et Orch. de Boston, 2 d. coffret-livret. DGG)! On peut donc hésiter entre Münch, certes plus ancien mais très bien regravé (1974), d'une flamme incomparable et où Giorgio Tozzi sauve à peu près le finale (avec Rosalind Elias, Cesare Valetti. Orch. de Boston. 2 d. éco. RCA) et Colin Davis, qui rate le finale (en disque on ne l'écoute jamais!) mais imprime un chic exceptionnel à tout le reste, bénéficiant, en outre, d'un enregistrement aéré limpide, magique qui donne à l'atmosphère rare exigée par le meilleur de l'œuvre (les « trois premières faces » pour nous exprimer en termes de discophilie). Une excellente surprise a pourtant été apportée par la toute récente réalisation de Seiji Ozawa, la grande vedette mandchoue, généralement si bruyante et inexpressive, mais qui fut ici touchée par la grâce, sauve son finale (à moins que ce soit la basse José Van Dam) et bénéficie d'un enregistrement présentable, même s'il ne surclasse pas nettement la regravure de Münch et doit encore s'incliner devant la technique dévolue à Colin Davis.

1840. *Symphonie Funèbre et Triomphale.* Sympathique version par Désiré Dondeyne, la Musique des Gardiens de la Paix et les « Chœurs populaires de Paris » (Erato). Moins « local », Colin Davis (avec *Marche Funèbre pour Hamlet* et *Chasse Royale* des *Troyens.* Ch. John Alldis, Symph. de Londres. Philips) en donne une version intense, distancée, superbement enregistrée, complétée avec des pages importantes.

1840-1856. *Les Nuits d'été.* L'une des plus belles œuvres de Berlioz, lentement amenée à la gloire par le disque. Compétition royale, ici, qui oppose le plus bel enregistrement de Régine Crespin (Ansermet, transfiguré. Avec « Schéhérazade » de Ravel. Decca) à la prestation plus intimiste de Janet Baker (dir. Barbirolli. Philharmonia. VSM) qui a l'avantage insigne d'un couplage homogène avec une œuvre à découvrir : *la Mort de Cléopâtre* (1829). On annonce une réalisation identique avec la voix d'exception d'Yvonne Minton sous la direction de Boulez (CBS). Colin Davis s'inscrit ici en marge, répartissant les six pages du recueil entre différents chanteurs, selon le caractère du morceau et surtout le sexe de celui qui s'y exprime (adaptation prévue par Berlioz). Il offre, en outre, au verso, un choix copieux de *Mélodies* avec orchestre (*La Captive, le Pâtre Breton, le Chasseur Danois, Zaïde, la Belle voyageuse*. Avec Joséphine Veasey, Ian Patterson, John Shirley-Quirck, Symph. de Londres. Philips) Münch avait enregistré, avec Vittoria de Los Angeles et l'Orchestre de Boston, un ensemble que l'on aimerait voir réédité (RCA).

1842. *Rêverie et Caprice,* romance pour violon et orchestre. Seule œuvre concertante de Berlioz. Patrice Fontanarosa (avec « Poème » de Chausson et des pages de Saint-Saëns et Vieuxtemps. Orch. de Radio Luxembourg dir. Froment. Decca) s'y oppose à un disque de Yehudi Menuhin, beaucoup plus ancien, au couplage guère plus heureux (« Poème » de Chausson, « Romances » de Beethoven, « Légende » de Wieniawsky. Philharmonia dir. Pritchard. VSM).

1844-1846. *Ouverture du Carnaval Romain. Marche Hongroise. Le Chant des Chemins de Fer.* On serait, certes, fort curieux de cette cantate du rail que le disque ignore. Pour le reste : voir Concerts.

1846. *La Damnation de Faust.* Tout aussi capital que le *Requiem* dont c'est le pendant profane. L'œuvre est d'une telle richesse qu'aucun interprète, hormis Münch et Markevitch, n'en restitue à la fois l'ivresse, l'humour, les paniques, l'agressivité et les mille vulnérabilités qui y sont confessées. Malgré d'excellents chanteurs (Janet Baker, Nicolaï Gedda, Gabriel Bacquier) réunis à l'Opéra de Paris, Prêtre n'avait proposé qu'une lourde caricature de ce chef-d'œuvre (2 d. VSM), tout comme Seiji Ozawa (3 d. DGG) handicapé, en outre, par l'accent de chanteurs insuffisamment entraînés dans notre langue (Burrows, par exemple, qui a fait, depuis, des progrès considérables) et plus encore par un enregistrement bruyant mais terne, affligé de basses boueuses obscurcissant tous les passages de grands fracas (qu'il suffise d'écouter la pachidermique *Marche Hongroise* qui termine la 1ʳᵉ face). RCA devait, simultanément, faire l'erreur catastrophique de « stéréophoniser » l'admirable version de Münch, réalisée à Boston (avec Suzanne Danco, David Polieri et surtout Martial Singher en Mephisto, chanteur d'exception qui savait faire de son accent un élément diabolique!) d'où un son mort, creux et sans couleur ruinant complètement l'entreprise (mais l'œuvre tient, sans coupures, sur deux disques de catégorie économique). Ainsi la compétition ne s'engage-t-elle sérieusement qu'entre Colin Davis (avec J. Veasey, Gedda, Bastin, Mephisto prodigieux. Ch. et Orch. Symph. de Londres. 3 d. Philips) et Markevitch, disques déjà anciens mais superbement regravés et inscrits, désormais, en catégorie super économique (DGG). Les chanteurs en sont (injustement) oubliés mais honorables (Consuelo Rubio en Marguerite, Richard Verreau Faust, Michel Roux excellent Mephisto) mais la direction reste, en tout points, incomparable : même Münch n'a pas eu cet humour dans la polyphonie discordante de la scène de la taverne, cette sauvage modernité dans l'engloutissement final, ce galbe et cette sveltesse dans toutes les scènes se réclamant de la jeunesse du cœur... C'est précisément parce que Davis manque par trop d'envolée dans tous ces passages où Berlioz se livre avec imprudence (féroce charge de l'académisme dans l'*Amen* parodique etc.) que, malgré sa distribution écrasante (Gedda assez nasal, pourtant) et un enregistrement techniquement incomparable (pour ne rien dire de la pluie de Grands Prix qui l'a salué) nous restons fidèles aux disques de Markevitch, techniquement sans rides et où le génie de Berlioz ruisselle de bout en bout avec toute sa générosité.

1850-1854. *Chœur des Bergers. Fleurs des Landes, Feuilles d'Album, Marche des Francs* pour orch.
Les pages orchestrées de ces mélodies diverses figurent aux côtés des *Nuits d'été* par Colin Davis (Philips).

1854. *L'Enfance du Christ.* Œuvre parfois difficile à défendre mais que son inégalité même recommande aux fervents Berlioziens : on y entend parfois du plus rare... Cluytens (avec Victoria de Los Angeles, Gedda, Ernest Blanc. Orch. du Conservatoire 2 d. VSM) est aussi impeccable que dépourvu d'accent... ce qui, dans tous les sens du terme, hélas, n'est certes pas le cas de l'enregistrement de Münch, dramatique, emporté, beaucoup moins bien chanté, certes (sauf Souzay, admirable), mais qui donne une juste idée de ce que l'on doit faire... Avec une distribution homogène, Martinon avait proposé une version qui semble avoir eu une carrière des plus éphémères...

1855. *Te Deum,* Ni Colin Davis, très bien enregistré (Philips), ni Barenboïm, très inégal (CBS) n'arrivent à la cheville de l'ancien disque (mono) de Sir Thomas Beecham (CBS). De la même année, l'ouverture du *Corsaire* (voir Concerts). On oublie, ce faisant, un grand « machin » destiné à une exposition au Crystal Palace de Londres : *le Temple Universel* chanté, en français et en anglais, par deux chœurs simultanés soutenus par l'orgue... peut-être une prémonition (un rien officielle) de certaines trouvailles de Charles Ives...

1862. *Beatrix et Benedict.* Aigri, Berlioz voulut écrire un opéra comique. L'œuvre présente de telles difficultés d'exécution (au moins vocale) qu'aucun enregistrement n'en a été tenté depuis les premiers pas, en ce répertoire, de Colin Davis (alors sous étiquette Oiseau Lyre. Avec J. Veasey et le Symph. de Londres)... lesquels semblèrent peu convaincants (2 d. disponibles seulement en Angleterre et aux USA).

1864. *Les Troyens.* (I — *La Prise de Troie.* II — *Les Troyens à Carthage.*) Chef-d'œuvre intimidant qui semble ne bien vivre qu'au disque. Après des interprétations partielles de Scherchen et Prêtre (ce dernier plutôt affligeant, malgré la superbe Cassandre-Didon de Régine Crespin), Colin Davis devait s'approprier l'œuvre (7 Prix Internationaux !) grâce à une distribution exceptionnelle (Didon : Joséphine Veasey, Enée : Jon Vickers !) encadrée par le « plateau », les chœurs et l'orchestre de Covent Garden où l'opéra avait été monté avec un succès retentissant (5 d. avec livret. Philips).

Concerts. De nombreux disques-concerts rapprochent divers extraits des œuvres précédentes des sept *Ouvertures* pour orchestre, qu'il s'agisse de préludes d'opéras, achevés ou non *(Les Francs Juges)*, ou de manières de poèmes symphoniques, entièrement indépendants *(le Roi Lear, le Corsaire, Waverley).* Le *Carnaval Romain* est, pour sa part, une adaptation à l'orchestre d'un passage de l'acte II de *Benvenuto Cellini*. Cette partie du catalogue est dominée, une fois de plus, par le disque de Münch (RCA. Orch. de Boston : *Beatrix, Benvenuto, Carnaval, Corsaire, Chasse royale* et *Orage des Troyens.* Série éco.), mais il faudra y ajouter le choix plus rare de Colin Davis, même s'il n'a pas autant de relief *(Francs juges, Roi Lear, Waverley, Corsaire, Carnaval Romain.* Symph. de Londres. Philips). Signalons, aussi, un disque d'extraits de la *Damnation* dirigée par Cluytens, recommandable pour la Marguerite de Rita Gorr et l'exceptionnel Mephisto de Gérard Souzay (VSM éco.). Soyons, enfin, tout-à-fait complets en citant un *Hymne pour l'élévation* pour harmonium (Arion) et une orchestration redevenue célèbre de *la Marseillaise* (concert dir. Jacquillat, VSM). L'Angleterre vient de voir paraître un disque d'« œuvres chorales » (Argo) : peut-être le *Chant des Chemins de Fer* et le *Temple Universel !*

La discothèque de base

La Mort de Cléopâtre
Symphonie Fantastique par Münch, Paray, Beecham ou Colin Davis
Harold en Italie par Mehta
Requiem par Colin Davis, Bernstein ou Münch-Boston.
Benvenuto Cellini par Colin Davis
Roméo et Juliette par Colin Davis
Les Nuits d'été par Régine Crespin, ou Janet Baker.
La Damnation de Faust par Markevitch

Bibliographie

Écrits de Berlioz

1844   *Voyage musical en Allemagne et en Italie.*
1852   *Les Soirées de l'orchestre.*
1856   *Grand traité d'instrumentation et d'orchestration moderne.*
1859   *Les Grotesques de la musique.*
1862   *A travers chants.*
1870   *Mémoires*, 2 vol.
1904   *Lettres*, 3 vol., édit. Tiersot (nouvelle éd. 1930).
1904   *Les Musiciens et la musique*, édit. Hallays.
1954   *Nouvelles Lettres*, New York.

Ouvrages principaux sur Berlioz

1879   Schumann, « Essais sur Berlioz », traduction franç. de Tiersot in *Hector Berlioz et Robert Schumann*, Bruxelles.
1881   Liszt, *Gesammelte Schriften.*
1882   Hanslick, *H. Berlioz in seinem Briefen und Memorien.*
1888   Jullien, *Hector Berlioz.*
1890   Hippeau, *Berlioz et son temps.*
1903   Tiersot, *Hector Berlioz et la société de son temps.*
1905   Prod'homme, *Hector Berlioz.*
1906   Boschot, *Hector Berlioz*, 3 vol. (nouvelle éd. 1950).
1908   R. Rolland, *Musiciens d'aujourd'hui.*
1923   P. M. Masson, *Berlioz.*
1948   Dukas, *Écrits sur la musique.*
1951   J. Barzun, *Berlioz and the Romantic Century*, 2 vol., Londres.
1955   H. Barraud, *Berlioz.*
1956   *La Revue musicale*, « Hector Berlioz ».
1963   F. Goldbeck, *Berlioz*, in « Encyclopédie de la Pléiade », vol. II.

Illustrations

CE LIVRE EST DÉDIÉ A RAYMOND GROS

Archives photographiques : 162. – Bibliothèque Nationale : 26, 60, 68, 74, 103, 177. – Bibliothèque Nationale / Seuil : vignettes des débuts de chapitres, 14, 20, 30, 31, 32, 44, 53, 54, 57, 63a, 63b, 85, 97, 110, 111, 112, 115a, 115b, 116, 127, 132, 136, 137, 145, 146, 149, 156, 171, 172/173, 179a, 179b, 179c, 181a, 181b, 181c, 183a, 183b, 184, 188, 189a, 189b, 189c, 189d. – Bibliothèque de l'Opéra / Seuil : 80, 81, 119, 120, 125, 128. – Bulloz : 168. – Giraudon : 21, 90, 150. – Roger Viollet : 4, 8, 11, 34, 174, 183c. – Sirot : 48, 49, 67. – VEB Bibliographisches Institut Leipzig : 100. Travaux photographiques : pub. R. Bardet, F. Duffort.

Table

DIDON. — Faut-il que le public soit crétin et injuste !
On me blague si je pleure, on me blague si je ris. Faut
pourtant que je fasse quelque chose.

LE COCHER, à tue-tête. — Monsieur veut-il une voiture ?
LE MONSIEUR. — Mon ami, je vois bien que vous me par-
lez, mai je sors du concert Berlioz et ne puis entendre un mot
de ce que vous me dites.

AUX PERSONNES D'UN TYMPAN DÉLICAT.
Places réservées pour entendre le prochain concert monstre
donné par M. Berlioz dans la salle de l'Exposition.

LES TROYENS DE BERLIOZ, OU LA RÈGLE DE TROIS.
Le savant professeur — donne à sa classe la formule algébrique
des principales situations musicales.

collections microcosme
ÉCRIVAINS DE TOUJOURS

LE TEMPS QUI COURT

collections microcosme
PETITE PLANÈTE

 # PETITE PLANÈTE / VILLES

 # SOLFÈGES

collections microcosme
DICTIONNAIRES

MAITRES SPIRITUELS

CE LIVRE, LE VINGT-NEUVIÈME DE LA COLLECTION « SOLFÈGES » DIRIGÉE
PAR FRANÇOIS-RÉGIS BASTIDE, A ÉTÉ RÉALISÉ PAR DOMINIQUE LYON-CAEN.

ACHEVÉ D'IMPRIMER EN 1990 PAR L'IMPRIMERIE TARDY QUERCY S.A. BOURGES
D.L. 4ᵉ TRIM. 1968 - Nᵒ 2233-5 (16248)